Viviane Moore

ROUGE SOMBRE

Librairie des Champs-Élysées

Du même auteur, dans la même collection :

Bleu Sang
Noir Roman

L'abbaye de Jumièges au XIIe siècle

1 *Eglise Notre-Dame*
2 *Eglise Saint-Pierre*
3 *Cellier*
4 *Cuisine*
5 *Cloître*
6 *Salle capitulaire*
7 *Salle reliques*
8 *Bibliothèque*
9 *Scriptorium*
10 *Dortoir*
11 *Réfectoire*
12 *Chauffoir*
13 *Etuves*
14 *Hôtellerie*
15 *Jardin potager*
16 *Jardin médicinal*
17 *Vergers*
18 *Ecurie*
19 *Porterie*
20 *Etable*
21 *Herbarium*

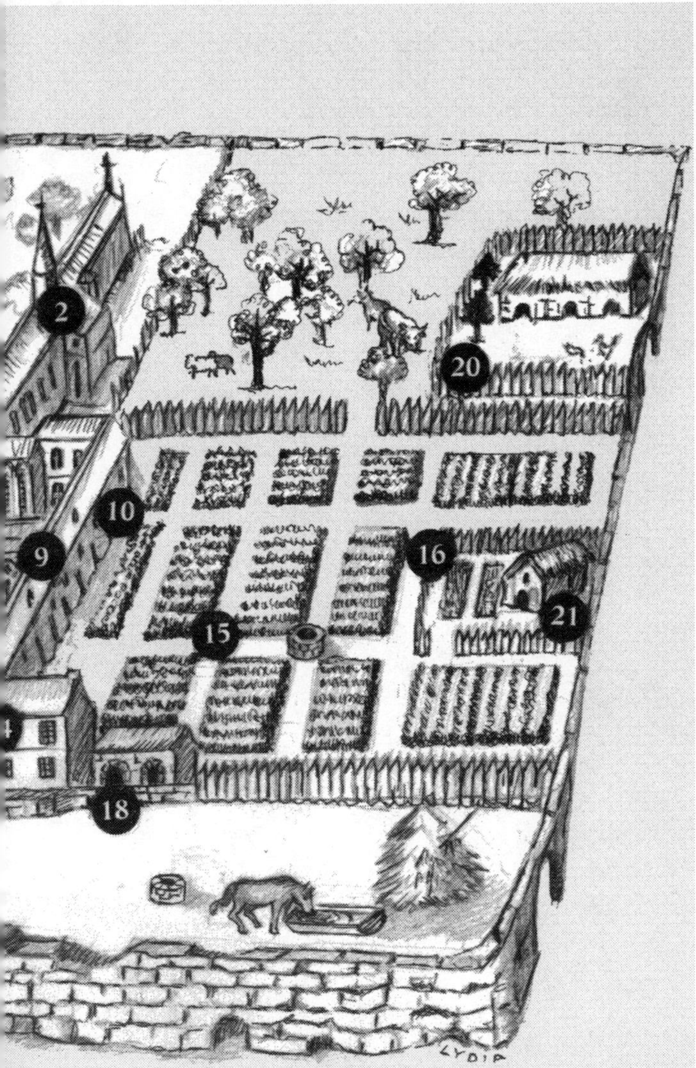
2
20
10
9
16
15
21
4
18
LYDIA

Prologue

« Léviathan passe et son sillage brille,
les eaux profondes en sont toutes blanchies. »
Livre de Job.

On approchait de la grande marée d'équinoxe. Depuis plusieurs jours, une terrible tempête faisait rage sur les côtes normandes. Le vent de nordet glaçait les grèves. Les vagues furieuses s'engouffraient dans les estuaires, attaquaient les falaises, inondaient les douves et les basses plaines.

Par milliers, les mouettes dérivaient en silence vers l'intérieur des terres. Les bancs de poissons, les phoques, les grands souffleurs quittaient la haute mer et refluaient vers les eaux encore tièdes des rivages et de l'embouchure de la Seine…

Ce matin de septembre 1145, par temps clair, deux guetteurs qui contemplaient d'un air morose l'étendue scintillante du fleuve, virent soudain jaillir de l'eau une colonne de vapeur blanche qui retombait en fines gouttelettes huileuses…

C'était un souffleur de grande taille qui venait de faire surface en amont de Caudebec.

« Balæna ! Balæna ! » Aux cris stridents des guetteurs répondirent aussitôt les sonneries rauques des

cors qui se propagèrent de loin en loin au-dessus de la forêt jusqu'à l'abbaye de Jumièges où les cloches se mirent en branle, appelant moines et paysans à quitter leur travail et à courir vers le fleuve.

La baleine remontait lentement le cours de la Seine. Elle restait en surface et sa silhouette noire incrustée de bernacles ressemblait à une île dérivant sur les eaux troubles avec son cortège d'oiseaux blancs.

Le fleuve paraissait soudain bien étroit pour ce géant des mers froides. Pourtant les anciennes chroniques attestaient que les moines de Jumièges avaient vu jadis des monstres marins aussi grands que les tours de leur abbaye !

Mais depuis quelques années, les baleines se faisaient plus rares. Elles étaient devenues méfiantes, comme si les appels des guetteurs les avertissaient désormais du malheur qui allait s'abattre sur elles.

Elles demeuraient au large et ne se laissaient plus séduire par la trompeuse tranquillité des fleuves. Seules les terribles marées d'équinoxe et les fortes tempêtes les drossaient encore vers les terres.

À Jumièges, hommes, femmes, enfants et vieillards accouraient vers le petit port.

De part et d'autre du fleuve, les paysans finissaient d'arrimer les trois larges filets qui devaient arrêter la Bête au pied de l'abbaye de Saint-Philibert.

Les villageoises, effrayées par l'approche du grand souffleur, essayaient de maintenir les plus jeunes contre elles. Quant aux enfants du hameau, ils étaient déjà juchés sur des arbres ou des toits, essayant d'apercevoir le Léviathan qui approchait de leurs maisons.

Soudain la foule s'écarta, laissant passer un jeune dieu nordique dont la haute stature et la blondeur trahissaient les origines.

« Rurik, c'est Rurik le Danois », murmuraient les villageois.

Sans paraître se soucier de l'émotion qu'il suscitait, le jeune homme s'approcha de la rive, scrutant le fleuve avec attention. Le torse nu ceint d'une solide corde, armé de lances effilées, Rurik devait mettre à mort le Léviathan. L'abbaye le payait pour ça.

Les derniers échos de la cloche s'étaient tus et un grand silence se fit dans la foule qui se tenait pressée le long de la berge.

La baleine approchait, elle allait bientôt dépasser Yainville.

– Hvalt ! s'exclama Rurik en désignant la sombre silhouette de la Bête. Que Dieu nous protège !

Les moines se signèrent, des femmes effrayées tombèrent à genoux, se cachant la tête dans les mains. Instinctivement, les hommes serraient les poings, évaluant la taille de cet animal plus gros que leurs chaumières.

En aval, un signal annonça que les pêcheurs avaient refermé la nasse et mis en place les filets qui empêcheraient la baleine de fuir et de regagner la haute mer.

Le Léviathan était pris au piège. La traque allait commencer.

Des moines, le froc relevé et noué à la ceinture, de l'eau à mi-mollet, aidèrent les paysans à pousser leurs longues barques dans le fleuve.

On y avait entassé pêle-mêle des arcs, des lances,

des grappins et de gros rondins de bois. Déjà les hommes saisissaient les rames, souquant ferme pour se placer au milieu de la Seine.

La baleine avançait toujours et on pouvait maintenant distinguer son échine noire marbrée de gris, près du rivage où se tenaient les villageois.

Le jeune Danois s'était jeté dans un canot léger qu'il manœuvra à une vitesse surprenante, rejoignant en un clin d'œil les lourdes barques des paysans.

Il les dépassa sans peine et fit glisser son embarcation à quelques pieds du grand souffleur. Les goélands décrivaient de larges cercles au-dessus de sa tête. Dans les barques, des hommes s'étaient dressés, lances et arcs pointés, attendant un signe du Danois.

La baleine s'était immobilisée. Elle avait « senti » l'homme.

C'est le moment que choisit Rurik pour décocher son trait.

Le Danois savait qu'il devait toucher ce point situé au sommet du dos du monstre que ses ancêtres nommaient la « vie ». Il assura la lance dans sa main et la lança avec force.

Fendant l'air, l'arme fila se planter en vibrant dans les chairs de la baleine, manquant sa cible d'un bon pied mais blessant l'animal au poumon.

Rurik se précipita sur ses rames. Une giclée d'écume lui fit lever la tête et il eut juste le temps de voir l'ombre immense de la queue de la baleine se placer entre le soleil et lui.

Trempé, arc-bouté par l'effort, le Danois fit glisser rapidement son canot, évitant de justesse la lourde queue qui retomba en claquant sur la surface du fleuve.

Transpercée par la lance, ivre de douleur, la baleine vira sur elle-même, faisant s'enfler de hautes vagues qui s'écrasèrent avec violence sur le rivage d'où refluèrent précipitamment les curieux.

La pointe toujours plantée dans sa chair, le monstre fonçait droit devant lui, éventrant les eaux du fleuve avant de se jeter dans la première rangée de filets qu'il mit en pièces.

Debout sur son embarcation, Rurik hurla un ordre et les pêcheurs décochèrent une volée de flèches qui allèrent se planter dans l'échine sombre. En hâte, les hommes jetèrent des rondins par-dessus bord afin de gêner la course du géant.

Couverte de plaies et ruisselante de sang, la baleine délaissa les filets et se retourna à nouveau, faisant face aux embarcations. Elle s'immobilisa et souffla un long jet teinté de rose. Les hommes attendaient, une forte odeur d'épices flottait autour d'eux. L'air semblait soudain plus froid.

Puis le Léviathan chargea, il vint droit sur les pêcheurs improvisés, immense masse noire, haute comme une colline qui renversait tout sur son passage, broyant pêle-mêle barques et rondins.

Des canots fracassés jaillissaient des hurlements de souffrance et de terreur. La plupart des hommes ne savaient pas nager. La peur leur faisait perdre la raison, ils s'agrippaient les uns aux autres et coulaient à pic tous ensemble.

Rurik, qui avait réussi à s'écarter rapidement, se dressa alors sur son canot, une lance à la pointe scintillante dans la main.

Secoué par les vagues, le jeune homme chercha un instant son équilibre puis, comme s'il visait le soleil, détendit son bras vers le ciel. Avec un long chuintement, le fer décrivit une large courbe avant de se ficher dans la « vie » de la baleine.

Le Danois poussa un hurlement de triomphe, vite étouffé par le terrible remous qui emporta son canot et le projeta violemment dans le fleuve.

Essayant encore de regagner la haute mer, le Léviathan continuait droit devant lui, une colonne de vapeur cramoisie jaillissant de ses évents. Une immense tache pourpre allait en s'élargissant sur l'eau troublée du fleuve. Les goélands décrivirent un dernier cercle et s'éloignèrent avec des cris funèbres.

Rurik, qui s'était accroché à un bois flottant, se signa. Il avait gagné, la baleine « fleurissait », projetant dans le ciel ces fleurs rouge sombre, signe de sa mort prochaine.

Quelques instants plus tard, le Léviathan bascula, dressant son aileron vers le ciel avant de découvrir son ventre blême.

« En ce jour, le Seigneur, avec sa cruelle
et grande et forte épée,
punira Léviathan, le serpent fluide…
et il tuera le dragon qui est en la mer. »
Isaïe.

Première partie

« Courez, tant que vous avez la lumière de la vie,
de peur que les ténèbres de la mort
ne vous surprennent. »

Évangile selon saint Jean, 12.35.

1

– Asseyez-vous, mon fils. Je vous attendais.

C'est ainsi qu'Arnulphe, évêque de Lisieux, accueillit Galeran de Lesneven et c'est ainsi que commença l'une des plus étranges enquêtes du jeune chevalier.

Silhouette haute et sévère, Galeran rejeta sa cape brune sur son épaule et s'inclina devant le religieux :

– Merci monseigneur, mais je resterai debout. Je ne savais pas que Bernard de Clairvaux vous avait avisé de ma visite autrement que par ce parchemin, dit-il en sortant de son aumônière un vélin roulé et cacheté qu'il tendit à l'évêque.

Arnulphe prit le manuscrit sans répondre et lut l'élégante calligraphie de l'abbé de Clairvaux tout en observant de temps à autre son interlocuteur à la dérobée. Enfin, il hocha la tête à plusieurs reprises puis reposa le parchemin :

– Vous êtes Breton, messire Galeran ?

Le jeune chevalier planta son regard bleu dans celui de l'évêque avant de répondre :

– Léonnais par mon père et Gascon par ma mère,

monseigneur. Et chevalier errant de par mes vœux, ajouta-t-il avec simplicité.

– Bernard de Clairvaux semble vous tenir en haute estime.

– Il m'honore beaucoup, monseigneur.

– Il me dit dans ce texte que vous êtes fin lettré et que ma bibliothèque, ou plutôt celle de mon évêché, vous comblerait...

– C'est vrai, monseigneur. Il m'a parlé de quelques-uns de vos ouvrages et notamment d'un magnifique exemplaire du *Timée* de Platon.

– Et il vous a bien renseigné, mon fils, repartit l'évêque. Mais quel étrange désir, pour un jeune chevalier si apprécié à la cour du roi Louis, que celui de s'enfermer dans la solitude et de se retirer du siècle.

– Ma renommée n'est pas si grande que vous le voulez bien dire, monseigneur, et puis je ne quitte pas le siècle pour autant. Seulement Dieu a voulu que Bernard de Clairvaux me parle de vous à un moment où, heur ou malheur, je désirais oublier la mort et la damnation d'un être auquel je m'étais lié et qui m'était cher*.

Le chevalier se tut. La profonde cicatrice qui barrait son front se creusa sous l'effet d'une souffrance secrète. Un lourd silence retomba dans la salle des audiences de l'évêché. Debout au milieu de la vaste pièce lambrissée, le chevalier attendait, trouvant l'accueil d'Arnulphe bien singulier. Sous les lourdes paupières du religieux filtrait un regard inquisiteur.

Mais apparemment, Galeran passa l'examen avec succès et un fin sourire étira soudain la bouche mince de l'évêque qui fit un ample signe de croix avant de déclarer :

(*) voir Bleu Sang

– Vous êtes le bienvenu en ma maison, Galeran de Lesneven et que Dieu vous ait en sa Sainte Garde, vous et votre mesnie.

L'entretien était clos. Un jeune novice se chargea de montrer au chevalier la cellule qui lui était réservée et sa place au réfectoire.

Quant à Quolibet, le fidèle destrier de Galeran, il fut installé dans les confortables écuries de l'évêché et ne sembla pas se plaindre de l'aubaine.

On était en septembre 1145 et le parfum âcre des grandes marées, porté par des vents violents, rappelait la proximité de la mer.

Cela faisait maintenant plus de deux semaines que Galeran s'était coupé du monde, oubliant sa vie tumultueuse de chevalier errant, logeant à l'évêché, suivant les offices parmi les moines silencieux, étudiant dans sa cellule et prenant tous ses repas au réfectoire avec les religieux.

Galeran avait peu à peu découvert la forte personnalité de l'évêque. Monseigneur Arnulphe méprisait les prélats aux chasubles orfraisées et, même quand de hauts seigneurs assistaient à ses offices, il aimait à dire sa messe pieds nus et en robe de bure, peu lui importait que cela plaise ou non. Il n'était rien moins que légat du pape Eugène III, et servait d'intermédiaire entre le royaume de France, celui d'Angleterre et le duché de Normandie, agités par la guerre opposant l'impératrice Mathilde au roi Étienne. Pourtant, cela ne l'empêchait pas de cultiver une simplicité d'ermite.

Lors d'une audience, on l'avait vu faire rouler à terre les présents d'un riche seigneur dont les mœurs dépravées défrayaient la chronique. L'évêque s'était exclamé devant l'assemblée réunie qu'il n'avait que faire de ciboires ornés de pierreries. Il préférait que le seigneur fasse pénitence publique plutôt que de lui offrir tant de richesses.

Arnulphe était ainsi, dur et acéré comme une lame et le chevalier comprenait peu à peu ce qui pouvait unir cet homme-là à Bernard de Clairvaux.

Au fil du temps, l'évêque semblait s'être pris d'amitié pour le chevalier et le venait parfois visiter pour discuter avec lui fort avant dans la nuit, abordant l'œuvre d'Abélard avec autant d'aisance que celle d'Honorius d'Autun. Galeran appréciait vivement ces conversations nocturnes et la profondeur de vue de son interlocuteur.

Un soir, alors que le méridien de la nuit approchait et qu'Arnulphe allait le quitter, laissant le chevalier à ses manuscrits, l'évêque se retourna sur le seuil de la cellule et demanda :

– Connaissez-vous Jumièges, messire Galeran ?

– De nom seulement, monseigneur.

– C'est une des plus belles abbayes de notre Duché de Normandie, avec Saint-Wandrille et le Bec-Hellouin, mais ce n'est pas pour cela que je vous en parle. Jumièges possède des livres uniques et son scriptorium compte parmi les meilleurs de France et d'Angleterre. On y trouve ouvrages comme nulle part ailleurs…

Puis Arnulphe referma la porte, laissant le chevalier surpris par cette sortie.

Galeran de Lesneven comprit plus tard que l'évêque ne laissait jamais rien au hasard. Que la moindre des paroles de ce prince de l'Église était calculée et qu'il avait sans nul doute préparé de longue date sa venue en Normandie et sa visite à la sainte abbaye de la Terre Gémétique.

2

Quelques jours passèrent encore, entre études et méditations. Enfin le chevalier sentit qu'il était temps pour lui de reprendre la route et de rejoindre le royaume de France. Pourtant, ayant souvenance des propos de l'évêque, il décida de faire un détour par Jumièges. Quand il avisa Arnulphe de son projet, celui-ci lui demanda en grâce de le venir voir la veille de son départ. Ce qu'il fit.

– Par ici, chevalier, par ici, dit un jeune novice qui le guidait dans les vastes salles de l'évêché.

Les deux hommes se trouvaient dans la partie du bâtiment réservée aux religieux. Passé un dortoir commun, un long couloir éclairé de quelques flambeaux menait aux cellules des prélats.

Le novice frappa un coup bref sur l'une des portes de chêne, puis s'éloigna d'un pas pressé.

– Entrez, entrez, messire Galeran, dit la voix d'Arnulphe.

Le chevalier pénétra dans la cellule de l'évêque, faveur accordée à quelques rares élus.

Ainsi que le prescrivait saint Benoît, la pièce était d'une grande simplicité. Il n'y avait là qu'une natte posée à même le sol, une table de travail couverte d'une liasse de parchemins et deux faudesteuils. Un exemplaire richement enluminé du *Livre de Job* était posé sur un pupitre.

Arnulphe, debout devant l'unique fenêtre à meneaux, se tourna lentement vers le chevalier et lui fit signe de s'asseoir.

– Merci d'être venu me voir, messire chevalier.

– Je serais venu, de toute façon, vous remercier comme il se doit de votre généreuse hospitalité, monseigneur.

– Connaissez-vous le nom de Guillaume de Jumièges, messire ? demanda l'évêque après un court silence.

– Il me semble que oui, monseigneur. Ce digne moine n'a-t-il pas écrit, au siècle dernier, un précieux *De ducibus Normanniæ* consacré à l'histoire des premiers ducs de Normandie ?

– C'est exact et vous le pourrez voir, car ce manuscrit fait partie de la bibliothèque de Jumièges, tout comme un évangéliaire couvert de lames d'or et de pierres précieuses offert par le moine Renauld au temps de Guillaume le Conquérant.

Arnulphe marqua une pause, observant l'effet de ses paroles sur le chevalier, puis poursuivit :

– J'ai écrit un bref à l'attention de l'abbé Eustache de Jumièges, afin qu'il vous permette de circuler librement dans l'abbaye et vous donne accès au scriptorium, aux archives et à la salle des reliques.

– Je vous remercie, monseigneur, de votre prévenance et du soin que vous prenez de moi.

– Puis-je, en retour, vous demander un service, messire ? dit brusquement l'évêque.

– Monseigneur, je suis votre obligé.

– Voilà, il se trouve que je délègue un mien prélat à Jumièges et j'aurais aimé que vous fassiez route ensemble, si toutefois vous n'y voyez point d'objection.

– Comme il vous plaira, je ne serai pas fâché d'avoir compagnon de route pour cheminer et vous promets d'être digne de votre confiance.

– Je le sais bien, messire, et c'est pourquoi je désirerais que vous veilliez à sa sécurité, y compris quand il sera dans l'enceinte de Jumièges.

– Ce prélat est-il de votre mesnie, monseigneur ?

– Que non pas, mais sa personne m'est précieuse. Il en est peu comme lui en mon évêché.

– Certes, je comprends votre souci pour ce qui est du voyage, monseigneur, mais il me paraît étonnant de veiller à la sécurité d'un de vos religieux au sein même d'une de vos abbayes, repartit le chevalier avec gravité. Que croyez-vous qu'il puisse craindre en ces lieux ?

– Oh rien, messire, sans doute rien, éluda l'évêque en esquissant un geste de la main comme s'il eût chassé quelque insecte. Mais puis-je vous le présenter ? Il se trouve dans la cellule voisine.

L'évêque frappa dans ses mains et la porte s'ouvrit devant celui qui allait devenir le compagnon de route et l'ami de Galeran, frère Odon de Lisieux.

Le visage lisse orné d'une courte barbe rousse, le corps petit et rond, Odon semblait regarder le monde avec indulgence et apparemment le monde l'avait contemplé de même.

À première vue, on pouvait penser qu'il n'avait guère plus de vingt ans et qu'on avait affaire à un doux rêveur. Pourtant, dans les petits yeux marron du moine pétillait un déconcertant mélange d'humour et de fermeté. Il salua le chevalier, garda un moment sa main dans la sienne et, d'emblée, à la chaleur de cette paume et à ce franc regard, le chevalier comprit pourquoi Arnulphe tenait à cet homme comme à un fils.

3

Partis de Lisieux le lendemain à l'aube, les cavaliers empruntèrent une ancienne voie romaine qui les mena vers l'abbaye du Bec puis, après avoir maintes fois demandé leur chemin, ils obliquèrent à travers bois et se dirigèrent vers la Seine.

Ayant passé sa prime enfance à s'occuper de chevaux, frère Odon se tenait bien en selle et paraissait même y prendre un certain plaisir, donnant des talons et de la voix pour guider sa monture, une des juments de l'évêque, un bel animal au poil brillant et à la silhouette hardie.

Il n'en était pas de même du novice qui les accompagnait. Le jeune Ansegise n'était jamais monté et se tenait juché de guingois sur une paisible mule, s'affolant à chaque fois que celle-ci s'écartait du chemin ou faisait mine de renâcler.

Voyant sa maladresse, Odon avait pris la mule de bât par le licou et la petite troupe allait paisiblement son chemin. Le chevalier pensa qu'à ce rythme, ils n'arriveraient à Jumièges qu'en fin de matinée.

Il chevauchait en tête tout en songeant aux recommandations de l'évêque, contenant tant bien que mal les ardeurs de son destrier. Après ces longs jours d'inaction dans les écuries de l'évêché, le brave Quolibet éprouvait le besoin de se dégourdir les pattes et Galeran lui autorisait parfois quelques temps de galop, avant de revenir se ranger aux côtés de ses compagnons.

Après avoir demandé leur chemin à une fillette qui menait ses chèvres au pré, les trois cavaliers s'engagèrent sur une piste qui traversait une magnifique hêtraie.

Les fûts des arbres centenaires étaient habillés de mousse grise, de hautes fougères se courbaient sous le poitrail des chevaux. La sente était recouverte d'herbes folles et de fleurs sauvages d'un bleu tendre. D'après la fillette, ils ne devaient plus être très loin du grand fleuve. Bien que venteux comme les jours d'équinoxe savent l'être, le temps était beau. Le soleil brillait à travers les hautes ramures et Galeran se mit à siffler un vieil air de son pays.

4

Brusquement les trois cavaliers s'arrêtèrent. Tout était calme, mais une odeur insupportable flottait dans l'air matinal, une odeur de mort, une puanteur atroce comme celle des charniers ou des champs de bataille.

Le hongre de Galeran hennit nerveusement, la lèvre supérieure retroussée, et le chevalier aperçut à travers une trouée entre les arbres de hauts panaches de fumée noire. Il porta la main à son épée de taille et fit signe à ses compagnons de le rejoindre. Les bois paraissaient soudain bien silencieux et quelque chose dont on ne savait rien, quelque chose d'inquiétant, planait derrière la grande colonne de fumée sombre.

Rabattues par le vent, de lourdes volutes montaient en tourbillonnant vers les cavaliers, leur piquant les yeux et le nez.

– Je n'ai jamais rien senti de tel, qu'est-ce donc que cette odeur, chevalier, s'agirait-il d'un bûcher ? demanda Odon avec inquiétude.

– Je ne sais, mais je n'aime guère cela. On dirait une odeur d'os et de chairs brûlés. Restez près de moi dorénavant et le novice aussi.

La piste charretière descendait vers la Seine mais le fleuve restait encore invisible, caché par les hautes futaies et les taillis. Et puis soudain, au détour d'un lacet, les cavaliers débouchèrent sur une esplanade d'herbes rases. La lumière les éblouit et ils s'arrêtèrent, stupéfaits.

À leurs pieds se déroulaient les larges méandres du fleuve et sur la rive opposée, lumineuse et claire, se dressait la sainte abbaye de Jumièges. Jumièges l'Aumônier qui, telle une figure de proue, dominait la forêt de ses hautes tours.

C'est en voyant ce qui gisait sur la rive que les trois hommes comprirent enfin d'où venait la terrible odeur qui montait jusqu'à eux.

Son immense queue flottant encore dans le courant, la carcasse sanglante d'une baleine était échouée sur la plage. Une foule d'hommes, de femmes et d'enfants tourbillonnait autour du gigantesque cadavre, comme un essaim de mouches sur une charogne.

La fumée noire venait des constructions de briques qui encerclaient la dépouille du monstre.

– Qu'est-ce donc que ce poisson grand comme une nef ? demanda Odon, qui n'avait jamais vu de grand souffleur.

– Une baleine, répliqua Galeran en souriant de l'étonnement du moine. J'en ai souvent vu s'échouer sur les plages de mon pays, mais je ne savais pas qu'elles remontaient si avant dans les terres.

– Mais que font tous ces gens ? Ils la brûlent ?

– Je ne sais, mon frère. Allons-y. Regardez : le bac de l'abbaye traverse, dit Galeran en montrant du doigt un grand radeau qui quittait le port de Jumièges et se dirigeait vers la rive opposée.

Le chevalier donna du talon sur les flancs de son destrier qui s'élança sur la pente, suivi par la petite troupe.

Les trois hommes débouchèrent bientôt sur une rive en pente douce, bordée de roseaux. Des filets et des nasses séchaient sur l'herbe drue. Quelques laboureurs à la mine sombre, venus des hameaux voisins les bras chargés de paniers, attendaient l'arrivée du bac. Ils s'écartèrent devant le chevalier et ses compagnons et les saluèrent d'un bref signe de tête.

Après avoir négocié leur passage avec le batelier, Galeran fit grimper les montures sur le grand radeau et le vieux bac glissa lentement le long de ses cordages vers l'autre rive de la Seine, où se trouvait le port de Jumièges.

Pendant la courte traversée, les passagers découvrirent avec étonnement de grands marais qui s'étendaient de part et d'autre du fleuve, protégés par les remparts de craie des falaises. De loin en loin, des fleurs de nénuphars déployaient leurs corolles, des bécasses s'enfuyaient en criant entre les roseaux. Des poissons sautaient au-dessus de l'eau autour du bac. Malgré la puanteur dégagée par l'énorme cadavre noirâtre et par les fourneaux, tout semblait paisible.

Pourtant, à mesure que le bac approchait de Jumièges, un mauvais pressentiment envahit le chevalier.

Il fronça les sourcils en voyant deux vieux pêcheurs se signer, avant de mettre le feu à un grand bûcher formé de carcasses de barques éventrées. Des flammes s'élevèrent aussitôt, hautes et claires, embrasant d'un seul coup les boiseries et dévorant les proues aux dessins naïfs, sous le regard des vieux.

Le bac heurta la berge et les trois hommes attendirent que les paysans débarquent pour faire descendre leurs chevaux.

Le port de Jumièges était fait de cabanons de planches disjointes. Ici, tout semblait provisoire, même les barques qui ne restaient pas à l'eau et que l'on remontait, à l'aide de poulies, jusqu'au bourg situé à mi-chemin de l'abbaye, derrière de hauts remblais de terre.

Une large voie empierrée, encadrée de quelques maisons basses, menait à la grande porte de l'abbaye. Tout était construit sur les hauteurs, le plus près possible de l'enceinte de Jumièges. On eût dit que les habitants craignaient quelque invasion venue du fleuve, comme au temps des Vikings et de leurs longues nefs à tête de dragon.

– Nous montons de suite saluer le frère abbé, chevalier ? interrogea frère Odon, que l'âcre fumée faisait tousser.

– Pas encore, mon frère. Je voudrais voir d'un peu plus près ce qui se passe ici. Il est rare que des pêcheurs brûlent leurs barques. Même endommagées, ils essayent toujours de les réparer.

– Sauf si quelque malédiction s'y attache, murmura Odon en se signant.

Galeran se tourna vers le moine :

– C'est ce à quoi je pensais et je voudrais savoir de quel maléfice il s'agit. Ansegise ! appela le chevalier avec force.

Comme pris en faute, le jeune novice qui rêvassait le nez en l'air sursauta et rougit :

– Oui, messire ?

– Tu vas garder nos montures. Attache-les à ce bosquet là-bas et veille à ce que personne, tu m'entends bien, personne ne s'en approche.

– Bien, messire, je ferai attention.

– Eh bien Odon, si nous allions voir de quoi il retourne. Étant sur ma vie responsable de la vôtre, je ne vous quitte plus.

Odon emboîta le pas de Galeran et déclara d'un ton amusé :

– Et moi non plus, chevalier, pour une fois que je suis gardé mieux qu'une relique…

Le chevalier posa sa main sur l'épaule du petit moine et demanda d'une voix paisible :

– Odon, jusqu'à maintenant, je ne vous ai pas posé de questions, mais je voudrais tout de même savoir si vous pensez avoir réellement quelque chose à craindre en venant ici ?

– Que non pas, messire, ma mission au cœur de la sainte abbaye est fort simple, répondit Odon en levant les yeux vers lui.

– Arnulphe n'a pas cru bon de m'informer de l'objet de votre voyage, poursuivit le chevalier. Je vous croyais simplement nommé ici, ce n'est donc pas le cas. Êtes-vous en mission pour l'évêché de Lisieux ?

– Oh, je puis vous assurer, messire, qu'il n'y a là rien que de très bénin, des affaires de religieux, rien de plus.

Je ne sais pourquoi l'évêque prend tant de précautions. Mais enfin, il m'a demandé le secret, alors...

– Alors, nous respecterons son souhait, approuva simplement le chevalier.

Tout en parlant, les deux hommes s'étaient approchés du cadavre du Léviathan. On aurait dit que tout le village, les hameaux voisins et même les moines de l'abbaye s'étaient donné rendez-vous pour dépecer la bête.

Une quinzaine d'hommes s'acharnaient dessus, découpant des lanières de viande et de lard avec des couteaux à longs manches.

Des gamins allaient et venaient, grimpant par des échelles sur le dos de la baleine et charriant des seaux emplis de lard vers des moines qui les découpaient avant de les jeter dans de grands fondoirs.

Entre le cadavre qui depuis la veille se décomposait rapidement et l'odeur écœurante de la graisse brûlée, la puanteur était insoutenable. Mais les villageois ne paraissaient pas s'en soucier, occupés qu'ils étaient à couper, trancher, saler ou cuire toute cette chair.

Au risque de s'ébouillanter, des gamins trempaient des quignons de pain dans les fondoirs et s'enfuyaient ravis avec leur butin, qu'ils dévoraient avidement.

Le chevalier, qui n'avait jamais vu semblable cuisine, s'approcha des constructions de briques qui entouraient l'animal.

– Salut à vous, messire chevalier, dit un petit vieux à la figure boucanée, qui s'approcha du jeune homme en boitant. Vous êtes pas d'chez nous ?

– Que non pas, mon brave, je suis du Léonnais.

– C'est où ça ?

– Au fin bout du monde, l'ami.

– Ça fait loin, siffla le vieux admiratif. Moi, j'suis le

Sven, mais j'suis trop vieux pour aider, et puis les jambes elles marchent plus, alors je cause.

– Je me nomme Galeran de Lesneven. Mais dis-moi, que faites-vous là ? demanda le chevalier en désignant les marmites ventrues.

– Oh ça, c'est pour l'huile de Jumièges. Les moines y s'éclairent avec en hiver. On doit garder un grand feu là-dessous, dit le bonhomme en montrant la fournaise. Et c'est le lard de la Bête qu'on met à fondre là-dedans. Et puis ça, dit le vieux en désignant du doigt des grands fûts, c'est de l'eau froide comme glace d'hiver. On verse l'huile dessus et on la laisse tranquille. Après, toutes les saletés, elles tombent au fond et on n'a plus qu'à mettre en barriques et à charger sur les carrioles. J'ai fait ça souvent, allez. Y'en avait des baleines quand j'étais marmot et c'était la fête. Pensez ! À manger pour des mois que ça nous donne et aux moines aussi. Mais là on est pas heureux, y'en a eu des qui sont morts. C'est la faute au Rurik. Y faut pas chasser avec lui, y porte malheur, c'te homme.

Le chevalier sursauta :

– Des morts, tu veux dire que des hommes du village sont morts en chassant ce gibier-là ? Elle ne s'est donc pas échouée ?

– Oh, oui fallait voir ça, continua le bonhomme sans prêter attention aux propos du chevalier. C'est surtout le Rurik, nous, on sait qu'obéir. Lui y sait y faire avec ses lances, faut reconnaître. C'est lui qui l'a tuée. Tiens, c'est lui, là-bas, le grand avec une tête de Danois ! gronda le vieux.

Un jeune géant blond se tenait debout près d'un bosquet d'arbres. Il contemplait les fours et ses yeux clairs croisèrent un instant ceux du chevalier. Puis l'homme fit demi-tour et disparut dans les taillis.

– Merci le Sven, et que Dieu vous garde, répondit le chevalier en cherchant Odon du regard.

Le frère venait de quitter l'un des moines et s'était figé au pied de la baleine, la regardant comme il eût regardé une cathédrale.

– Alors Odon, qu'en pensez-vous ?

Le petit frère fixait les énormes mâchoires hérissées de fanons, que les pêcheurs arrachaient un à un.

– C'est étrange, je n'aurais jamais imaginé la baleine de Jonas ainsi…

– Vous avez raison, Odon, c'est un bien étrange animal, et il y a tristesse à le voir dans cet état. Le récit de ses voyages à travers les mers emplirait bien des livres.

Le moine acquiesça, rêveur.

– Vous avez réussi à parler avec un des moines… Que vous a-t-il dit ? poursuivit le chevalier.

– Eh bien, cette baleine, elle n'est pas morte toute seule, ils l'ont chassée. Des hommes ont tué le Léviathan, Galeran ! dit Odon en désignant la haute masse dont la chair en lambeaux partait se dissoudre dans les chaudrons noircis.

– Oui, et j'avoue que j'ai du mal à imaginer une telle chasse. On m'avait dit que les Basques de Biscaye tuaient les baleines par centaines, mais je croyais que c'était des fables pour enfançons. Le vieux Sven m'a conté qu'il y avait eu des morts…

– C'est une drôle d'histoire. L'abbaye a de quoi se réjouir avec cette chasse, mais les moines ont perdu l'un des leurs.

– Vous voulez dire que les moines vont à la chasse avec les villageois ?

– Que non pas. Hier, la chasse s'est mal passée, les

pêcheurs n'ont pas été aussi rapides que le Danois qui les dirige et qui est d'ailleurs payé par l'abbé Eustache. Deux barques pleines d'hommes ont chaviré. Ils ont réussi à en sauver plusieurs et à repêcher quelques corps mais ce matin, on en a trouvé d'autres au milieu des marais et même un cadavre qui n'avait rien à faire là puisque c'était celui d'un moine.

– Un moine, répéta le chevalier.

– Oui, le sous-sacristain de Jumièges, frère Joce.

Le chevalier, songeur, hocha la tête tout en regardant les femmes qui charriaient des quartiers de viande vers des tables, où des vieilles les salaient avant de les jeter dans des tonneaux.

La pêche miraculeuse allait nourrir le village et éclairer l'abbaye pendant de longs mois. Et pourtant la mort planait, posant son masque gris sur les traits de ces villageois qui avaient perdu, en une seule fois, plusieurs d'entre eux.

5

– Par ma barbe, regardez Galeran ! Ils ont laissé les corps sur la rive. Le moine m'a déclaré que ce soir ils allaient dire une messe solennelle, mais je n'imaginais pas qu'ils avaient abandonné ainsi ces malheureux. C'est contraire à toute règle.

À quelques pas d'eux gisaient six corps sommairement recouverts de toiles. Et il y avait quelque chose de sinistre dans ces fragiles dépouilles étendues à l'ombre du Léviathan.

Les deux hommes s'approchèrent lentement. Le chevalier se pencha sur le premier linceul qu'il souleva, découvrant le visage bleui d'un pêcheur, ses yeux gonflés d'eau saillant dans leurs orbites. Une fine mousse blanche sortait de son nez et de sa bouche, signe d'une massive inhalation d'eau. Des ecchymoses couvraient les bras et les jambes nues du malheureux.

Galeran remit le drap en place puis passa au second linceul. Enfin il s'arrêta, rejetant sur le côté le drap qui recouvrait le corps du sous-sacristain de Jumièges et s'agenouilla pour mieux l'examiner. Le visage du malheureux moine était blafard et ses yeux saillaient de leurs orbites.

– Que cherchez-vous donc ? demanda frère Odon, mal à l'aise.

– À savoir si ce moine est bien mort noyé, mon frère, répondit brièvement le chevalier en examinant les mains et les ongles rongés du cadavre.

Odon eut un mouvement de surprise puis, voyant qu'il ne tirerait rien de plus de Galeran, s'éloigna de quelques pas et se mit à genoux, priant pour le repos éternel de ces malheureux.

Le chevalier tourna doucement la tête du cadavre et constata que sa nuque n'était pas brisée. Ensuite, il observa attentivement les fines griffures de chaque côté du cou puis il recouvrit le corps et se releva, la mine songeuse.

– Qui êtes-vous et qui vous a permis de toucher aux corps de ces gens ? grinça une voix derrière lui.

Galeran se retourna lentement et dévisagea son interlocuteur avant de répondre. L'homme, un ecclésiastique au physique imposant, sec et nerveux, arborait la robe noire des bénédictins. Une lourde chaîne d'or portant un crucifix pendait à son cou.

– Je me nomme Galeran de Lesneven et suis envoyé par monseigneur Arnulphe, évêque de Lisieux.

Le moine s'exclama avec stupeur :

– Un chevalier, et maintenant monseigneur envoie un chevalier ! Mais...

– Non, frère prieur, dit une petite voix calme. L'évêque de Lisieux m'envoie, moi, frère Odon. Ce que veut dire messire Galeran, c'est qu'il vient séjourner quelque temps en Terre Gémétique avec la bénédiction de monseigneur Arnulphe. Et il se trouve que nous avons fait route ensemble.

Le prieur pinça les lèvres et demanda à Odon :

– Comment savez-vous qui je suis ?

– Seul celui qui a écrit sait que je viens, n'est-ce pas ?

Odon avait prononcé ces énigmatiques paroles avec son humour habituel.

Le prieur sentit qu'il était peut-être allé trop loin.

– Pardonnez-moi cet accueil, mon frère, dit-il en

détournant les yeux. Je suis bien le prieur, père Angilbert. Cette horrible chasse et la mort de notre pauvre frère Joce m'ont bouleversé. Vous aussi, veuillez m'excuser, messire chevalier, ajouta-t-il en se tournant vers Galeran qui avait suivi l'échange avec attention.

– Pour moi, vous êtes tout pardonné mon père, répondit le chevalier. Nous comptions aller saluer votre supérieur, l'abbé Eustache, peut-être pourriez-vous nous conduire à lui ?

– Bien sûr, bien sûr, suivez-moi, murmura le prieur en passant devant eux.

Après avoir été chercher Ansegise qui rêvassait sous les ombrages, les trois hommes, tenant leurs montures par le licou, montèrent lentement le chemin de craie qui conduisait à l'abbaye.

Devant eux, le père Angilbert marchait en faisant voler son froc noir à chaque pas et le chevalier pensa, à part lui, que cela lui donnait l'aspect d'un corbeau pris dans une tempête.

6

De loin, le monastère avait fière allure. Le chemin blanc menait à un vaste portail ouvert dans un long mur fortifié.

Pour honorer le Seigneur, les bénédictins avaient édifié deux églises qui dominaient les toitures des vastes bâtiments monastiques. L'une d'elle, puissante comme une cathédrale et dédiée à Notre-Dame, surplombait le monastère avec ses deux tours surmontées de flèches de charpente. La seconde, plus modeste, était consacrée à l'apôtre Pierre.

En s'approchant, les hommes constatèrent que par endroit, des brèches s'étaient ouvertes dans le mur d'enceinte, envahi par les racines noueuses du lierre.

Des réparations maladroites avaient été faites sur les flèches de Notre-Dame et assurément la pluie devait parfois troubler la sérénité des offices. Même les toitures des communs étaient en piteux état. Des amas de pierres couverts de mousse grise témoignaient d'ouvrages détruits voici bien longtemps et jamais reconstruits depuis.

– Votre abbaye est en assez mauvais état, mon frère. constata le chevalier. J'imagine que ces temps troublés n'ont pas facilité les reconstructions.

– Oui-da et Jumièges est bien vieille, messire, puisqu'elle a été élevée par saint Philibert en 654. À l'époque, notre père fondateur avait fait édifier une troisième église dédiée aux saints Denis et Germain, jamais reconstruite depuis. Les anciennes chroniques nous disent comment Jumièges a été pillée et détruite par les pirates Danois. Et même si cela remonte à quelques trois cents ans, jamais notre communauté n'a réussi à restaurer sa splendeur passée. Ensuite, quand la guerre avec l'Angleterre a fait rage, notre monastère a été à nouveau dévasté. Et maintenant, les troubles entre l'impératrice Mathilde, le roi Étienne et le Duché de Normandie ! La communauté est trop pauvre pour reconstruire les bâtiments, et nos bras n'y suffisent pas, nous ne sommes plus assez nombreux. Dire qu'il y a eu ici jusqu'à cent quatorze moines plus leurs serviteurs !

Le voix aigre du père Angilbert s'était tue et Odon hocha la tête :

– *Bene omnia fecit Dominus*, tout ce qu'a fait Dieu est bien, dit-il sentencieusement. Combien êtes-vous actuellement en l'abbaye, mon père ?

– Une soixantaine, répondit le prieur en baissant les yeux. Plus les laïques qui nous doivent service ou qui ont charges héréditaires. Mais la plupart habitent au hameau, en dehors de l'enceinte ou à Heurteauville sur l'autre rive.

– Bien. Et combien êtes-vous d'officiers ?

– Euh... une dizaine avec l'abbé Eustache. Vous êtes arrivés. Si vous voulez bien m'excuser, je vais prévenir notre père abbé de votre venue.

Et Angilbert s'éloigna sans même recueillir de réponse.

La loge du portier était vide et en attendant que l'abbé les reçoivent, Galeran et Odon décidèrent de visiter les lieux. Une vaste cour aux dalles couvertes de mousses et d'herbes folles longeait les bâtiments. Par un porche, ils aperçurent un potager divisé en carrés réguliers, entrecoupés de rigoles d'irrigation. Plus loin se dessinaient les silhouettes torses d'arbres fruitiers.

Près des écuries, des serviteurs étaient en train d'atteler deux carrioles. Ils s'en allaient, sur ordre de l'abbé, chercher les morts pour les préparer avant la messe solennelle.

– Messire, mes frères ! clama une voix.

Un garçon d'écurie venait vers eux, tenant par la bride un palefroi richement carapaçonné. De petite taille, brun, le jeune homme était sec et nerveux et ses yeux étaient vifs. Chacun de ses gestes trahissait une énergie contenue.

– Eh bien, par ma foi, voilà monture de prince ou de grand seigneur, s'exclama Galeran. Si Jumièges est pauvre, ses visiteurs, à tout le moins, ne le sont pas !

– Certes oui, messire, mais si j'avais à choisir, dit le garçon en détaillant le hongre de Galeran, c'est votre destrier que je prendrais. Il fait moins d'effet, mais mieux vaut un cheval de guerre au jarret puissant et au large poitrail qu'une bête dont la seule qualité est la beauté du harnais ou la finesse des attaches.

– Tu as la langue aiguisée, l'ami. Qui es-tu et que nous veux-tu ?

– Je me nomme Roderic, messire et suis envoyé par le prieur pour quérir vos montures. Il me faut les mener à l'abreuvoir, puis à l'écurie avec celui-ci.

– À qui est ce palefroi, dis-moi ?

– Au fils du sire de Clères, messire Rainolf, qui est chez nous depuis hier avec une dizaine de ses hommes.

Après avoir dessellé les chevaux et ôté les charges de la mule, le jeune Ansegise suivit le palefrenier vers les abreuvoirs. Un vieux moine s'approcha des voyageurs et leur désigna une petite pièce où ils pourraient attendre qu'on les fasse chercher. Le portier s'était absenté, dit-il, et devrait bientôt revenir.

Assis côte à côte sur un long banc de pierre, les deux hommes restaient silencieux. Entendant un bruit de pas, Odon se pencha soudain vers le chevalier :

– Il va falloir que je vous quitte, Galeran, le père abbé va vous trouver une place à l'hôtellerie de l'abbaye. Quant à moi, je vais rejoindre le dortoir commun.

Le chevalier hocha la tête puis lui glissa à voix basse :

– Je crois deviner maintenant quelle est votre mission, frère Odon. Prenez garde à vous, il est certains « visiteurs religieux » qui ont mal fini.

– Vous avez un esprit subtil, Galeran, et je ne suis qu'un pauvre rêveur. Qui voudrait s'en prendre à un homme tel que moi ? répondit hypocritement le petit moine.

– Votre voix trahit l'homme que vous êtes réellement, mon frère, et le prieur n'a pas été dupe. Si vous êtes rêveur, ce n'est certes pas en faisant votre ouvrage.

Odon eut un petit rire et administra une bourrade au chevalier.

– Gardez-vous et je me garderai, Galeran de Lesneven.

– Fort bien, rétorqua le chevalier. Mais il y a ici des choses qui ne me plaisent guère. Sachez que je resterai là jusqu'à ce que vous me disiez de m'en retourner sans dommage pour vous.

Ému, le jeune religieux prit la main de Galeran qu'il serra brièvement dans la sienne.

Un moine s'était approché d'eux et les salua. Il venait chercher frère Odon pour le mener chez le père abbé. Galeran suivit longtemps du regard la silhouette d'Odon qui s'éloignait dans le couloir de l'abbaye. Le petit moine se tenait courbé comme s'il portait sur ses épaules quelque poids invisible trop lourd pour lui.

7

Plus tard, après un bref entretien avec le révérend père abbé qui le reçut avec bonté mais avait apparemment d'autres soucis en tête, Galeran suivit le père hôtelier dans les longs couloirs de l'abbaye.

– C'est ici, chevalier, dit le père en ouvrant une petite porte de chêne. Le père abbé a pensé que vous aimeriez être seul. La salle commune de l'hôtellerie est peu propice à l'étude. Cette cellule est celle du frère infirmier quand il préfère rester près de ses malades, sinon elle sert aux pèlerins qui ont fait vœu d'isolement.

– C'est bien ainsi, mon père, je vous en remercie, dit Galeran.

Le père hôtelier, grand gaillard d'allure solide malgré ses cheveux gris, ne semblait pas pressé de partir. Avec sa barbe en éventail et son œil ironique, c'était un homme affable et curieux. Le seul avec qui les pèlerins pouvaient parler impunément, car la règle monacale ne l'astreignait pas au silence.

– Oh mais, je ne me suis pas nommé, je suis le père Baudri.

– Et moi, Galeran de Lesneven, chevalier léonnais, mon père.

– J'ai connu quelqu'un qui venait de chez vous, à moins que ce ne soit du Vannetais, je ne me souviens plus guère… Le réfectorier vous accueillera si vous désirez vous restaurer avec les autres pèlerins après l'office de sexte. Je vous ai fait mettre une chandelle et un peu d'eau fraîche. Je pourrai vous conduire aux étuves ce soir ou faire mettre à votre disposition un bassin de toilette.

– Les étuves m'iront très bien, mon père. Étant pèlerin moi-même, je prendrai mes repas au réfectoire comme les autres et suivrai les offices. Grand merci pour tout ceci.

– Ce n'est rien, mon fils, notre règle ne dit-elle pas d'accueillir les hôtes de passage *tanquam Christus*, comme le Christ lui-même ?

– Dieu vous garde, père Baudri, l'hospitalité n'est pas toujours courante en ces temps troublés. Dites-moi, mon père, demanda le chevalier en posant son épée d'arçon et sa selle le long du mur, connaissiez-vous bien ce malheureux frère Joce ?

– Euh, oui... comme tout le monde ici, répondit le père en hésitant. Bien que le sous-sacristain soit un « pays », un enfant de Duclair comme moi, nous ne nous fréquentions guère. Il travaillait sous les ordres de frère Gachelin depuis bientôt deux ans.

– Gachelin ?

– Oui, notre sacristain. Même que Joce, il l'aimait pas trop, Dieu me pardonne mais frère Gachelin c'est pas un drôle. Il était dur avec le Joce. Le pauvre s'occupait de tout ici, du foin pour les sols, de réparer les bâtiments, de sonner les cloches...

– Frère Joce s'aventurait-il souvent hors de l'abbaye ? demanda le chevalier en ôtant son grand mantel de voyage qu'il accrocha à une ferrure.

– Oh, non ! affirma le père hôtelier. Déjà marmot, on l'appelait Joce *le Peor*, Joce la Peur et, en vieillissant, il avait même peur de son ombre. Au point qu'il tombait parfois évanoui. Je crois bien qu'il s'était fait moine pour se protéger du monde, le malheureux. Alors pour ce qui est de sortir de l'enceinte, c'était pas son genre.

– Grand merci, mon père, pour ces renseignements.

– À votre service, messire, et que Dieu vous garde, dit le père hôtelier en sortant à regret.

Une fois la porte refermée, le chevalier ôta sa courte épée et dénoua son bliaud afin de pouvoir enlever la broigne qu'il portait dessous. Le vêtement de cuir et de métal lui paraissait incongru en ces lieux de prière.

Une forte odeur poivrée montait des feuillages qui jonchaient le sol. La chaux des murs s'effritait, mais la paillasse était épaisse et sentait bon le foin coupé. Le chevalier n'y vit pas courir de vermine. Une couverture de laine et un oreiller de crin reposaient sur un escabeau. Une meurtrière donnait sur les potagers de l'abbaye. Le père Baudri avait disposé à côté de l'étroite lucarne d'où filtrait un mince rai de lumière, un pupitre bancal, une chandelle de suif ainsi qu'une jatte d'eau claire. L'abbaye ne devait guère être riche mais tout était propre et la cellule bien aérée.

Le chevalier posa ses sacoches, s'assit sur sa paillasse et sortit une tablette de bois enduite de cire et un stylet. Il avait élucidé par le passé bon nombre d'obscurs secrets, d'énigmes et de meurtres cruels au creux de cette chair molle et blanche.

Songeur, il fixa longuement le rectangle de cire comme s'il contenait quelque inscription visible de lui seul, puis le stylet s'enfonça, traçant les deux mots « Terre Gémétique ». Quel étrange nom, pensa le chevalier, venait-il du latin *gemitus* ou *gemere*, était-ce un lieu de douleur et de gémissements, ou bien de *gemma*, pierre précieuse ?

Puis il dessina un labyrinthe où vinrent se placer les noms d'Odon, d'Arnulphe, de Rurik, de Joce, des moines de Jumièges…

« Ainsi, se dit-il, penché sur sa tablette, Odon est un “ visiteur ”. L’un de ces *missi dominici* envoyés par une haute autorité royale ou ecclésiastique. Ces “ enquêteurs ” qui interrogent les religieux un par un, inspectent les locaux, suivent les offices, afin de rédiger leur rapport. Si ma mémoire est bonne, ils sont plutôt mal vus par ceux qui les reçoivent et certains ont été lapidés jusqu’à ce que mort s’ensuive… »

Cependant, ce genre de mission n’était pas chose courante, et Galeran pensa qu’il devait y avoir eu plainte et dénonciation de faits très graves, pour que l’évêque délègue Odon en Terre Gémétique. Il se rappela l’étonnement du prieur quand il s’était présenté et les énigmatiques paroles qu’Odon lui avait adressées alors : « *Seul celui qui a écrit sait que je viens*.» Il comprit que si plainte il y avait, elle devait venir du prieur lui-même. Certes il n’était pas rare que des rivalités naissent entre abbés et prieurs, mais de là à faire déplacer un visiteur !

Les prieurs étaient les bras droits des abbés et, comme tels, fort puissants au sein des monastères. Il était notoire que l’envie de supplanter leurs supérieurs les taraudait souvent. Ce n’était pas pour rien que saint Benoît lui-même s’était montré plein de réticences dans ses écrits quant à la nécessité d’un tel rôle dans ses communautés. Dans sa sagesse, il leur préférait un conseil de doyens, les dizeniers, et sans doute, songea Galeran, avait-il raison. Mais voilà, maintenant toutes les communautés avaient des prieurs et ce n’était pas toujours de saints hommes, loin de là !

Mais de quoi avait pu se plaindre le prieur pour justifier l’inquiétude manifeste et les précautions de l’évêque de Lisieux ?

Et puis, il y avait Joce avec son pauvre visage bleui et ses yeux exorbités par la noyade. Joce le Péor que le siècle terrifiait et qui ne l'avait quitté que pour mieux trouver une terrible mort. Difficile de savoir si le Joce avait été noyé et pourtant… Le chevalier se remémora ses blessures comme si l'homme s'était griffé le cou avant de mourir, seulement voilà, le défunt moine avait les ongles rongés, alors…

Galeran dessinait maintenant une figure complexe comme un labyrinthe de cathédrale puis il effaça tout.

– Trop tôt ! s'exclama-t-il en se levant.

Quand il sortit de sa cellule un peu plus tard, les cloches annonçaient l'office de sexte.

8

Le chevalier tira la petite porte de chêne et emprunta un couloir qui le mena au dortoir de l'hôtellerie. Il croisa un moine agitant la crécelle des morts pour avertir ses frères de se réunir autour du pauvre frère Joce.

Plus loin, une dizaine d'hommes, leurs broignes dépassant de leurs bliauds clairs, devisaient avec animation. Parmi eux paradait un jeune seigneur, reconnaissable à la richesse de ses atours et à son air hautain.

« Le père Baudri allait avoir du mal à faire observer la règle de silence à des pèlerins qui ne respectaient pas même la crécelle des morts, songea le chevalier. Il y avait là, sans doute, le propriétaire du riche palefroi, Rainolf de Clères en compagnie de ses valets d'armes. »

Dans un angle, Galeran remarqua une litière isolée des autres par de lourdes tentures, sans doute quelque voyageur malade ou mourant, à moins que ce soit l'un des rescapés de cette pêche mortelle. Des jonchées fraîches parsemaient le sol de terre battue et un petit brasero essayait vainement de réchauffer la grande salle.

Le chevalier sortit dans la cour dallée et, respirant l'air vif avec plaisir, se dirigea vers l'église dédiée à Notre-Dame. L'office de sexte était commencé et l'on entendait monter les voix des religieux entonnant avec vigueur le *Veni creator*.

– Vous cherchez quelqu'un, messire ? demanda un vieux serviteur, revêtu d'une longue cotte de drap brun.

– Oui, mon ami, dit le chevalier. J'aimerais voir le préchantre mais je ne suis point pressé. Je le verrai sans doute à sa sortie de l'office.

– Vous êtes le chevalier qui est venu avec les deux religieux, tout à l'heure ?

– Oui-da, mais pourquoi cette question, l'ami ?

Le vieil homme se dandina d'une jambe sur l'autre. Son visage était si ratatiné qu'il ressemblait à une pomme qui aurait passé l'hiver sur son arbre. Un pauvre sourire s'esquissa sur ses lèvres :

– Oh ! Pardonnez messire et ne prenez pas ma question en mauvaise part. Je pensais pas à mal, mais c'est un peu mon métier de savoir qui est qui. Je suis le portier de Jumièges, vous savez. Et puis, avec toutes ces allées et venues, et les morts, et le pauvre Joce…

– Il n'y a pas de mal, dit le chevalier en souriant, mais tu ne portes pas la robe ?

– Oh non, messire. Je suis un homme libre, mon nom est Tancard. Mon père et le père de mon père, et son père avant lui, étaient portiers ici. Je suis bien vieux et mon fils me remplacera bientôt, s'il le veut bien.

Le chevalier hocha la tête et le vieil homme continua, d'un ton maussade :

– C'est une belle charge que la nôtre et que nos pères étaient fiers d'exercer…

– Ton fils ne le désire point ?

– Oh, ça messire, je ne le sais, il est jeune encore. Alors que moi, j'ai bientôt soixante-quinze années de vie ! Je l'ai eu d'un second lit, ma femme était encore fraîche et elle a porté fruit, elle en est morte la pauvrette. Il n'a que dix-huit ans et ne parle que de chevaux, c'est lui qui a dû venir chercher vos montures.

– Son nom est Roderic, c'est cela ? Baste, il a l'air d'un bon gaillard et puis c'est vrai qu'il sait regarder les chevaux. Connaissais-tu bien le frère Joce ?

– Ah ouiche, il était gentil mais plus timide qu'une pucelle, Dieu me pardonne. Il voulait jamais sortir de l'enceinte, hormis pour les processions.

– Et le prieur ?

Le visage du portier se ferma :

– L'abbé Eustache est un saint homme mais pour le prieur, je préfère ne pas trop vous en dire… ma foi, il dirige Jumièges comme si l'abbé n'était plus là. Je ne connais pas grand monde qui s'accorde avec lui, sauf peut-être Gachelin.

– Le sacristain ?

– Oui, ces deux-là, ils sont souvent ensemble comme les corbeaux sur la branche. Mais, pardonnez, j'sais pas tenir ma langue. Ne dites pas que je vous ai conté ça.

– Que nenni, Tancard, je serai muet comme pierre.

Je vais rester à la porterie en attendant que l'office de sexte s'achève et comme je ne connais encore personne, il serait bon que tu me nommes qui nous voyons passer, que ce soit moine ou visiteur.

– Ah, ça, pour sûr messire. Venez vous asseoir, j'ai un petit banc de pierre au soleil, tout contre ma loge. On y sera bien, dit le vieux portier, ravi d'avoir trouvé quelqu'un avec qui bavarder.

9

Les deux jeunes filles étaient assises au bord des viviers de l'abbaye où les moines élevaient des centaines de poissons aux robes mouchetées. Elles aimaient cet endroit paisible, protégé des regards par une rangée de hêtres.

Pour l'instant, les deux petites étaient tout à leur conversation et ne songeaient guère à regarder les truites filer comme des traits d'argent dans l'eau limpide des bassins.

– Tu ne peux pas faire une chose pareille. Te rends-tu compte ? Tu es promise et ici tout le monde le déteste.

La petite brunette qui parlait avait le rouge aux joues et ses yeux étincelaient de colère.

– Oh, Mabille calme-toi. Il m'aime, tu entends. Il veut m'épouser, rétorqua sa compagne.

– T'épouser ! Tu es promise à un autre, que je sache. Personne ici ne voudra faire ce mariage. Et que va en dire ta tante Arda ? Arrête de jouer, je t'en conjure, Edel. Tu agaces trop les hommes et cela est mauvais.

Edel leva sur son amie un regard gris vert où tremblait une larme. Ses lourdes tresses dorées arrivaient en bas de ses hanches et ses traits étaient si fins qu'on eût dit ceux d'une Vierge de retable. Elle pinça les lèvres, ravala ses larmes et se mit debout, rageuse :

– Voilà, tu es comme les autres, tu ne m'aimes pas assez pour m'aider ! dit-elle d'une voix stridente.

– Ce n'est pas vrai, Edel, tu es injuste. Mais je ne veux pas t'aider à te jeter dans les bras d'un homme qui n'est pas fait pour toi, un homme brutal et un étranger de surcroît.

– Qu'en sais-tu d'abord ? répliqua Edel.

– Ce que je sais, c'est que nous ne sommes plus des fillettes et qu'il est temps d'arrêter tes sottises, dit Mabille en se levant à son tour.

– Je suis d'accord avec toi et c'est pour cela que je me veux marier à un homme, un vrai, pas à un gamin comme Roderic ou à un vieux.

– Mais pourquoi ne pas choisir quelqu'un qui te conviendrait vraiment ? soupira Mabille. Tiens, as-tu vu le jeune chevalier qui a pris le bac tantôt ?

– Bien sûr, je l'ai vu, dit Edel d'un air boudeur.

– Alors n'est-il pas beau ? N'a-t-il pas l'air d'un homme véritable, comme tu dis ?

Edel haussa ses frêles épaules :

– Bon, il n'est pas mal, mais je connais mieux…

Sa voix se fit cajoleuse :

– Mabille chérie, sois gentille, aide-moi encore une fois, s'il te plaît, ce sera la dernière.

Mabille soupira. Ces deux-là avaient été élevées ensemble et à chaque fois, Edel arrivait à ses fins. Mabille finissait par céder aux sourires et aux caresses de son amie. Finalement, la coquine faisait avec elle comme avec les garçons, pensa Mabille, déjà résignée.

De toute façon, c'était toujours Edel qu'on préférait, qu'on trouvait jolie, qu'on courtisait, Edel, la belle Edel aux longues nattes dorées.

– Je vais réfléchir, dit Mabille qui ne voulait pas avoir l'air de céder tout de suite.

– Oh, tu es un amour. Oh ma mie comme je t'aime, je t'aime plus que tout au monde fit Edel en battant des mains.

– Je n'ai pas dit oui, ronchonna la brunette.

Edel la prit dans ses bras, couvrant ses joues de baisers.

– Oh si, tu as dit oui, oh si.

Mabille soupira et, s'arrachant aux cajoleries de son amie, s'éloigna de quelques pas.

– Que veux-tu que je fasse, Edel ?

– Voilà, tu sais de qui j'ai peur ? murmura-t-elle.

– Oui. Tiens ça aussi, si tu ne t'étais pas conduite comme une gamine, si tu ne l'avais pas aguiché, si tu n'avais pas accepté ses cadeaux !

– Arrête tes sermons, veux-tu ! Celui-là, je te demande seulement de le surveiller.

– Rien que ça !

– Sois gentille ! supplia Edel.

– Et une fois mariée, que vas-tu faire avec la vieille tante Arda ?

– Je ferai comme si de rien n'était, ma chérie. D'abord, la vieille est à moitié sourde. Elle passe son temps le nez sur son ouvrage à broder et quand elle ne brode pas, elle dort ! J'irai retrouver tranquillement mon époux à la nuit tombée. Et quand nous aurons assez d'argent pour partir, nous irons en Sicile.

– En Sicile ? Mais c'est où ça la Sicile ?

– En Orient, je crois. Enfin, je sais pas bien, mais c'est loin et c'est beau, voilà tout.

Mabille poussa un long soupir :

– Je n'aime pas ça. Tu ne te rends pas compte, voyager au loin, toi qui es si fragile. Et puis, si ton époux t'engrosse tout de suite, que feras-tu ?

– Oh, j'irai voir la vieille Ingegerde. Elle sait y faire pour que les femmes ne soient pas grosses.

Puis Edel éclata d'un rire perlé :

– Sans ça, y'a longtemps que j'aurais eu un petit !

– Qu'est-ce que tu dis, tu es folle !

– Comme tu peux être naïve, toi ! Il y a longtemps que je sais faire entrer un homme sans être pleine.

– Oh, Edel ! Comment as-tu pu faire ça, c'est grand péché, péché mortel ! Tu n'as donc pas peur de l'Enfer ?

– Quand je serai vieille, je ferai pénitence !

– Et si tu mourrais d'un coup ?

La petite éclata à nouveau de rire et dit gaiement :

– Ne crains rien, ma mie, je me porte comme un charme.

– N'empêche, dit Mabille d'un air sombre, ton futur époux sait-il qu'il n'est pas le premier ?

– Oh non ! Il me tuerait s'il s'en apercevait, dit Edel, soudain effrayée.

– Tu vois bien que j'ai raison, comment vas-tu faire pour ta nuit de noces ?

– Je ferai ma pucelle dans ses bras, je crierai, je pleurerai et je verserai le sang d'un lapin. Il n'en saura rien, je t'assure, il est tellement amoureux.

– Edel, ma pauvre Edel, tout ça, c'est menteries et vilenies, et cela me fait grand'peur. Je vais t'aider mais après, cela sera fini. Jamais plus, par Notre-Dame, je te le jure.

Et la brunette s'en alla, plantant là sa belle amie interloquée.

10

Après complies, en fin de journée, le glas s'était mis à sonner, annonçant la messe des morts. Les endeuillés en tête, villageois et pêcheurs s'étaient rendus en procession à l'église Notre-Dame où avait eu lieu l'office funéraire. Au cours de son sermon, l'abbé Eustache avait annoncé que l'abbaye pourvoirait dorénavant aux besoins des veuves et des orphelins des villageois tués à la chasse. La messe finie, les corps des villageois avaient été inhumés au cimetière de la paroisse et la foule s'était dispersée.

Le malheureux Joce, quant à lui, avait été selon la coutume roulé dans sa natte et enterré par ses frères dans le jardin claustral de Jumièges, trouvant là le repos qu'il avait tant cherché durant sa courte vie.

Les cloches et les crécelles s'étaient tues et un lourd silence était retombé sur la grande abbaye. Le soleil dardait ses derniers rayons sur la Seine. Les vents soufflaient de la mer avec plus de violence et répandaient alentour l'odeur infecte du grand cadavre qui gisait encore sur la grève.

En Terre Gémétique, disaient les anciennes chroniques, il est coutume, depuis la fondation de l'abbaye, de faire ripaille après la grande chasse.

À la nouvelle de la mise à mort, nombre d'hommes et de femmes étaient accourus des hameaux voisins pour profiter de l'aubaine, proposant leurs bras pour le dépeçage de la Bête contre l'assurance de solides repas. Cette nuit, tout le monde et même les plus pauvres mangeraient à leur faim. Déjà les villageois, heureux d'être encore en vie, ne pensaient plus qu'à faire bombance, essayant d'oublier les malheureux qu'ils venaient de porter en terre.

Devant une chaumière, un groupe de paysans discutait avec animation. Une femme qui venait de perdre son aîné à la chasse ne voulait pas suivre ses consœurs. Elle se tenait devant le seuil de sa maison, le visage fermé, les yeux secs d'avoir trop pleuré, les bras croisés sur sa pauvre cotte de toile. Son mari essayait en vain de la convaincre de venir, quand une grosse villageoise de ses voisines, un enfançon cramponné à son sein, éructa :

– Qu'importe les morts, prenons le bien qui nous vient chaque jour, après advienne que pourra ! Il faut bien qu'ils mangent tes gosses, la Berthe, c'est pas tous les jours qu'ils peuvent s'emplir le gosier. Si tu veux pas y aller, on les emmène, pas vrai ?

– Ah ouiche, la vieille, grommela le mari, elle a raison. Allons manger avant que les vers nous mangent.

Et laissant la pauvre femme à son chagrin, les commères s'en allèrent vers le banquet, le père traînant de force les enfants qui voulaient rester avec leur mère.

De longues tables avaient été dressées sous un bosquet de hêtres. On avait creusé au centre de la place trois longues fosses emplies de braises où étaient posées d'énormes marmites. Un appétissant fumet de poisson et d'herbes s'en élevait.

Non loin de là, assises devant des foyers improvisés, des paysannes faisaient cuire de grandes crêpes brunes qu'elles empilaient sur des plateaux d'osier tressé. Des enfants les portaient en courant vers les tables, non sans en dévorer quelques morceaux au passage. Les plus jeunes, insouciants du bruit et de l'agitation, jouaient à la pirouette ou aux osselets au beau milieu du chemin.

Comme il était coutume en l'occasion, une douzaine de tonneaux de vin de Conihout avait été offerte par l'abbé Eustache. À peine descendus des carrioles, les villageois les avaient hissés sur des billots et mis en perce.

Au monastère, l'abbé avait autorisé les serviteurs à arrêter le travail après la messe et les braves gens se bousculaient pour sortir de l'enceinte. Le chevalier qui s'en retournait à sa cellule se trouva pris dans la cohue.

– Bien le bon soir, messire. Vous venez ripailler avec nous au village ?

Galeran se retourna et reconnut le jeune palefrenier de l'abbaye.

– Le bon soir, Roderic. Pourquoi non ? Peut-être pourrais-tu me servir de guide pour l'occasion.

– Volontiers, messire. Venez, le repas a lieu sur la grand'place. Quand le temps s'y prête, on dresse les tables sur la plage, mais y fait trop chaud et malgré les vents, près de la Bête ça sent rudement fort. Ça remonte jusqu'ici. Heureusement, on va bientôt brûler tout ça.

Le jeune seigneur Rainolf de Clères et ses valets d'armes avaient eux aussi déserté l'hôtellerie et il y avait fort à parier qu'il n'y aurait pas grand monde au réfectoire, ce soir-là.

Les hommes sortaient des maisons en claquant les portes, leurs gamins sur les talons. Les filles avaient mis des bonnets neufs et des rubans à leurs cheveux, les garçons des cottes de drap bleu. Après le banquet, on pourrait caroler et bousculer les pucelles.

Laissant passer un groupe de gamins qui couraient à en perdre haleine, le chevalier et son jeune compagnon empruntèrent le chemin blanc qui menait au hameau.

Le forgeron travaillait encore à son atelier et en s'approchant, on entendait le chant rythmé du marteau sur l'enclume.

La forge était vaste et les deux hommes s'arrêtèrent pour regarder le métal en fusion se tordre sous les coups précis et répétés. Le visage rougi par le feu, le front luisant de sueur, l'homme s'affairait sur une lourde chaîne. Son aide, un gamin d'une dizaine d'années, aussi écarlate que lui, activait le soufflet avec fierté.

– Le bon jour, dit Roderic en inclinant la tête.

– Salut, le fils. Ton coutel est prêt, dit le forgeron sans même lever les yeux de son ouvrage.

– Grand merci, Landric. Je le prendrai demain ou peut-être ce soir. Tu viens à la ripaille ?

– Plus tard, j'ai encore ça à finir pour l'abbé, c'est pressé à ce qu'il m'a dit et la nuit tombe vite.

Galeran et son compagnon se remirent en route. L'obscurité gagnait et l'on voyait s'allumer au loin des flambeaux.

11

Bien avant d'arriver sur la place, les deux hommes entendaient déjà des cris et des rires. La ripaille venait à peine de commencer que les villageois, la trogne enluminée, se poussaient pour vider les chopines distribuées par les gamins du bourg.

Un gros laboureur d'Heurteauville, sa ceinture dénouée, pissait en même temps qu'il buvait, provoquant l'hilarité des villageois. Deux gamins, l'air grave, s'étaient assis en tailleur, posant devant eux des petits cailloux à chaque chopine vidée, pariant que l'homme n'en tiendrait pas une de plus. Au trentième caillou, le gros homme leva la tête, rota bruyamment, regarda l'assistance d'un air hagard et s'écroula les bras en croix dans la poussière. Un ronflement sonore ne tarda pas à faire vibrer ses bajoues.

Après quelques éclats de rire, tout le monde se dispersa. Déçus, les gosses s'en allèrent, cherchant plus loin un autre pari à faire.

– Les vivants oublient bien vite les morts, n'est-ce pas, messire ? murmura le jeune Roderic.

– Oui, dit pensivement le chevalier. Dans le malheur, ils préfèrent l'ivresse à la vision du ciel et l'on ne peut guère leur en tenir rigueur.

Le long des tablées où s'alignaient les convives, des villageoises servaient la soupe aux pauvres et aux anciens. Les gens s'écartaient respectueusement devant le chevalier, saluant Roderic au passage.

Les mains pleines de sang, des pêcheurs taillaient de

grosses tranches que les femmes venaient chercher pour les cuire.

– C'est étrange, observa le chevalier, on dirait la viande d'un bœuf, non celle d'un poisson.

– Vous n'en avez jamais mangé ?

– Par ma foi, non. Je ne pensais pas même que ce soit mangeable. Il est vrai que les baleines que j'ai vues en Léonnais étaient échouées. Celles qui étaient encore entières ne faisaient pas nourriture bien appétissante. On prenait leur graisse et leurs fanons, le reste on le donnait aux bêtes.

– Venez mettons-nous ici, dit Roderic en se frayant un chemin à coups de coudes.

Les deux hommes s'assirent au bout d'un long banc en rondins. Une gamine posa devant eux des crêpes et deux écuelles emplies de soupe où nageaient des morceaux de baleine.

– Vous allez voir, c'est point mauvais mais cela perd beaucoup d'eau en cuisant, il faut pas la rôtir, c'est pour ça que les femmes la mettent dans un bouillon. Elles savent la préparer, sinon ça devient tellement dur sous la dent que le coutel y entre pas.

Alors qu'ils venaient de finir leur bol, une belle fille blonde vint vers eux et salua Roderic d'un petit clin d'œil. Elle avait des traits fins et délicats et un étonnant regard gris vert. Son petit pied bien chaussé tapait le sol avec impatience.

– Eh bien, tu as perdu ta langue, le Roderic, dit la fille, tu pourrais me présenter à messire chevalier, ce me semble ?

Le jeune homme eut un petit hoquet de surprise et se tourna vers Galeran en balbutiant :

– Euh oui, messire, permettez-moi de vous présenter damoiselle Edel.

Le chevalier, amusé du trouble de son jeune compagnon, salua la jolie fille :

– On m'appelle Galeran de Lesneven, gente damoiselle.

– D'où venez-vous, messire chevalier ? dit Edel qui détaillait effrontément le jeune homme.

– Du bout du monde, du pays de Léon, ma belle, répondit le chevalier en plantant son regard bleu dans celui d'Edel.

La jeune fille rougit, mais ne baissa pas la tête et continua avec aplomb :

– Chevalier, dites-moi, vous devez savoir où est l'Orient ?

– Quelle étrange question, compteriez-vous y aller, gentille Edel ?

– Pourquoi pas ? dit la jeune fille d'un air de défi.

– Le voyage est long et périlleux, damoiselle, et requiert compagnons d'expérience. Il faut gagner la lointaine Italie et de là prendre des navires souvent en butte aux attaques des pirates et des Maures.

La jeune fille écarquilla ses beaux yeux.

Durant la discussion Roderic l'observait d'un air sombre. N'y tenant plus, il s'écria soudain :

– Que parles-tu d'Orient ? Tu deviens folle. Edel, ma pauvre Edel, qu'as-tu donc encore imaginé ?

– Je ne suis pas *votre* Edel, Roderic le palefrenier. Je suis damoiselle Edel et je trouverai bien compagnon pour me mener jusqu'en Orient !

Sur ces paroles prononcées d'une voix stridente, la damoiselle planta là les jeunes gens et s'en fut, fraîche et sûre d'elle, en balançant avec arrogance sa jolie croupe.

Roderic poussa un soupir à fendre l'âme et se tourna vers le chevalier :

– Pardonnez-la, messire, elle est vive comme une anguille, mon Edel, elle est jeune encore mais point méchante au fond. Une enfant est une enfant.

« Point douce ni généreuse non plus, mon pauvre ami, pensa, à part lui, le chevalier. Ce genre de beauté-là te dévore le cœur et le corps plus qu'il ne le rassasie. »

Accoté à une table, un peu en retrait, un moine avait suivi l'échange, ne quittant pas des yeux la silhouette gracile d'Edel. C'était un solide gaillard à la mâchoire carrée, plus taillé pour la cotte d'armes que pour la robe de bure.

Sentant qu'on l'observait, Galeran leva la tête et croisa son regard. Le religieux le fixa un instant puis tourna les talons et se perdit au milieu des villageois.

– Qui est ce solide religieux ? demanda le chevalier.

– Oh, lui, c'est frère Gachelin.

Le jeune homme avait pâli à nouveau et ne quittait pas des yeux l'endroit où le moine avait été happé par la foule.

– Le sacristain de Jumièges ?

– Oui, messire, lui-même.

– Tu ne sembles guère le porter dans ton cœur, dis-moi ?

– Ah non alors, repartit Roderic avec vivacité. Puis baissant la voix : il ne mérite pas l'habit religieux.

– Que veux-tu dire ?

– Il jouit du droit mortuaire dans notre paroisse et au Mesnil. Et ce bougre a réussi à amasser tant d'argent qu'il s'est offert maison et serviteur en dehors de l'enceinte. Je ne suis pas même sûr que notre abbé le sache.

– Qu'est-ce donc que ce droit mortuaire ?

– Oh, c'est vieux comme notre abbaye. Le sacristain a le droit, à chaque mort, de prélever le meilleur vêtement et le tiers des meubles du défunt, rien que ça ! Et celui-là, il prend souvent plus. Il paraît qu'il a même volé des deniers à une pauvre vieille qui n'osait se plaindre.

– Et il a une maison à lui ?

– Oui-da. Sur les hauteurs en allant vers la maladrerie, une vraie maison en pierres. Et puis ce moine il regarde les filles et on dit au pays qu'il en a mis plus d'une dans sa couche.

– L'accusation est grave, Roderic. Est-ce à ton Edel que tu penses et ne serais-tu point trop jaloux ?

– Que non pas, messire, mais j'ai les yeux où il faut, c'est tout.

12

Cela faisait plusieurs heures que l'on ripaillait. Les enfants et les jeunes gens étaient fatigués d'être assis et leurs jambes les démangeaient. Ils se mirent à crier en chœur :

– On va danser ! On va danser !

Dans un pré, non loin de la place, on coucha une grande planche sur quatre tonneaux et deux musiciens ambulants furent hissés sur cette estrade improvisée.

L'un se mit à jouer un air à deux temps sur son rebec et l'autre à tirer d'un flûtiau des sons grêles.

Aussitôt, les jeunes se mirent en place avec gravité.

Ils formèrent deux rangées alternées de danseurs et de danseuses qui se tenaient par la main et se faisaient face, frappant en cadence le sol du pied.

Et puis, les deux chaînes de danseurs se mirent en branle l'une vers l'autre et se confondirent, les cavaliers échangeant leurs cavalières et s'en retournant avec elles à leur place.

La blonde Edel rayonnait, allant de l'un à l'autre avec grâce comme si elle ne voulait pas perdre une minute de plaisir.

Elle se sentait la plus jolie et dévorait la vie à belles dents. Cela avait quelque chose d'effrayant comme si un malheur planait déjà sur elle. Elle savait aussi qu'elle était au centre de tous les regards, mais elle ignorait que tous ces regards n'étaient pas tous admiratifs ni même bienveillants. Il y avait ceux des hommes qu'elle s'était amusée à gruger, ceux des femmes délaissées et jalouses, ceux des vieilles et des vieux assis plus loin, près des hêtres, qui surveillaient sans indulgence leur progéniture en train de caroler.

– T'as vu la fille Edel, mais pour qui elle se prend ?

– Pour une chatte en chaleur, grinça un vieux en donnant un coup de coude dans les côtes de son voisin qui partit d'un petit rire.

– Le père ne valait pas grand-chose, dit une commère édentée, quant à la mère…

Le Danois venait d'arriver à la fête et, lui aussi, dévorait des yeux la jolie blonde.

Galeran songea, à part lui, que le pauvre Roderic allait avoir fort à faire avec sa belle et tous ses galants. Rurik le Danois était certainement un parti plus séduisant et plus riche que le petit palefrenier de Jumièges.

De plus, l'homme était d'une rare beauté. Sa blonde chevelure illuminée par les flammes, la mâchoire serrée, il ne quittait pas du regard la silhouette bondissante d'Edel. Sous sa tunique de peau saillaient des muscles huilés qui inspiraient le respect et les villageois le dévisageaient avec hargne sans rien oser lui dire. Néanmoins, la tension montait autour de l'étranger. Des hommes se regroupaient, des femmes crachaient sur le sol.

Le Danois haussa les épaules, jeta un dernier regard à Edel qui venait de s'arrêter de danser, essoufflée et rieuse, puis s'éloigna.

– Voulez-vous être mon cavalier, messire ? La chaîne va commencer.

Galeran leva les yeux. Devant lui se tenait une brunette qui lui souriait timidement. Elle portait une modeste cotte couleur châtaigne, un peu usée aux manches et ses petits pieds étaient nus.

– Pourquoi pas ? dit le chevalier. Mais d'abord dites-moi votre nom, gentille damoiselle, et pourquoi me faites-vous l'honneur de m'inviter.

– Oh, messire, vous vous moquez de moi, dit doucement la petite en faisant mine de se retirer.

Le chevalier tendit la main vers elle pour la retenir :

– Non, damoiselle, je vous assure !

Elle sourit à nouveau et fit une petite révérence :

– On me nomme Mabille, messire, et si je suis venue, c'est parce que vous êtes tout seul.

« C'est vrai, songea le chevalier, vaguement ému, seul et inquiet surtout, au milieu de la cohue des danseurs… et Roderic qui est parti traîner son chagrin ailleurs. »

Au loin, des hommes brandissaient des torches. Les musiciens sautèrent à bas de l'estrade et les danseurs se précipitèrent sur les danseuses. Le chevalier enleva lestement la petite Mabille et tous, musiciens en tête, partirent en se donnant la main, tournant, se poussant, chantant, courant à travers champs et marais. Les anciens, sous leurs arbres, regardèrent les flambeaux de la joyeuse colonne disparaître dans la nuit, attendant son retour en buvant et jacassant.

Au bout d'un long moment, ils aperçurent au loin de vagues lueurs puis un bruit qui ressemblait à celui d'une charge de cavalerie se rapprocha et enfin apparurent les musiciens et la bousculade des danseurs qui vinrent s'écrouler pêle-mêle sur l'herbe du pré.

Le chevalier aida sa petite cavalière à se remettre debout. Ils étaient tous deux en sueur et haletants et riaient sans trop savoir pourquoi.

Au loin, l'office des vigiles sonna à l'abbaye.

– Il se fait tard, gentille Mabille, dit le chevalier revenant à lui. Il me faut vous quitter. J'ai eu grand plaisir à caroler avec vous.

– Vous logez à l'hôtellerie du père Baudri ? demanda Mabille en rougissant.

– Oui, curieuse damoiselle, dit le chevalier en posant un léger baiser sur la main potelée de la petite. Mais avez-vous quelqu'un pour vous reconduire à votre porte en toute sûreté ?

– Oui-da, messire, mon jeune frère m'attend sous les hêtres là-bas, parce qu'il n'aime point caroler.

– Cela lui viendra, ne craignez rien. Enfin, tout est bien alors. Dieu vous garde, Mabille, dit le chevalier en se détournant.

– Chevalier !

– Oui ?

– Nous avons carolé et je ne sais pas même votre nom, murmura la petite en baissant les yeux.

– Il est vrai. Je me nomme Galeran de Lesneven, gentille Mabille. Que Dieu vous protège.

– Et que Notre-Dame veille sur vous, messire Galeran.

La jeune fille fit une courte révérence et s'enfuit en silence, son jeune frère sur les talons.

Il faisait noir. Tout en se dirigeant vers sa maison, elle souriait.

Elle, si timide et si pauvre, que personne n'invitait jamais, que personne ne regardait seulement et qui, depuis toujours vivait dans l'ombre d'Edel, comment avait-elle osé adresser la parole au beau chevalier ?

Mabille secoua la tête. Elle connaissait la réponse : s'il n'avait pas paru si seul, si triste, jamais elle n'aurait osé…

– Voilà, ma pauvre fille, tu ne changeras jamais, soupira-t-elle en arrivant à son logis et en enjambant l'étroite fenêtre de la salle commune qui était restée ouverte.

À l'intérieur, tout le monde dormait et comme son cadet, elle se glissa à tâtons jusqu'à sa paillasse.

Hormis quelques ivrognes oubliés sous les tables qui ronflaient paisiblement, il n'y avait plus personne et la place était maintenant déserte. Seuls des chiens erraient, en quête d'immondices.

Une torche éteinte était fichée dans le sol. Le chevalier s'en saisit et l'alluma aux braises d'une fosse avant de se décider à remonter vers l'abbaye.

Arrivé à mi-chemin, alors que les premières maisons

se dessinaient, il tressaillit et s'arrêta, les sens en éveil, la main sur son poignard. Une forme sombre se mouvait sous le couvert des arbres. Le chevalier leva sa torche, fronçant les sourcils. On eût dit la silhouette bizarre d'un homme à quatre pattes. Le vent faisait grincer les troncs et une longue plainte troubla le silence.

Galeran se remit en marche, à l'écoute du moindre bruit. Mais la plainte, plus animale qu'humaine, ne se reproduisit plus ; la silhouette plongea et se perdit dans les ténèbres. Le chevalier gagna bientôt l'ombre noire des murailles de l'abbaye et après quelques coups donnés sur le portillon de chêne, la tête ensommeillée du vieux gardien apparut au guichet.

– Oh, c'est vous, chevalier, entrez, entrez.

Galeran souhaita le bonsoir au vieil homme avant de regagner l'hôtellerie. Il traversa le dortoir, remarquant qu'à l'exception du lit d'angle, la grande salle était vide. Aucun des voyageurs n'avait encore regagné sa couche en cette belle nuit de septembre.

13

Quand il la gifla pour la seconde fois, elle trébucha et glissa contre la cloison de bois. La joue marquée d'une empreinte brûlante, elle pleurait à chaudes larmes, levant les bras pour se protéger.

Sa chemise déchirée laissait voir son corps gracile. Le Danois, à demi nu, arpentait la pièce comme un fauve. Il était beau ainsi, muré dans sa terrible colère.

Edel réalisa soudain à quel point elle l'aimait et à quel point elle l'avait perdu.

– Maudite, tu n'avais pas le droit de me faire ça ! Je veux que tu me dises qui c'est, que je le l'égorge devant toi. Tu entends !

Elle frémit. Un rictus féroce déformait la bouche de Rurik. Edel sentait la peur s'insinuer dans son bas-ventre. Et dire qu'elle avait cru pouvoir le tromper. Jamais elle ne lui avait vu ce masque de haine.

Épouvantée, elle avala sa salive et articula avec peine :

– Je t'en prie Rurik, il m'a violée, je te le jure sur Notre-Dame et j'étais si éprise de toi…

– Par ma barbe, tu mens ! gronda Rurik, tu n'es pas une fille gaste. Tu mens sur le nom de la Vierge. Tu jouais la pucelle dans mes bras, tu t'es moquée, putere-le… Tu t'es moquée !

– Non, non, j'avais si peur que tu me rejettes. Non, crois-moi, par pitié…

– J'aurais mieux fait de te forcer dans un fossé comme une bête, tu entends ! dit-il en la saisissant par les cheveux. Qui est-ce ? Entends-tu, tu vas me le dire ?

Il la secouait par ses longues nattes, l'obligeant à se relever. Elle se sentait faible, si faible tout à coup, elle n'essaya pas même de se débattre, laissant les larmes ruisseler sur ses joues.

– Je vais te le dire ! gémit-elle. Arrête, par pitié, tu me fais mal.

Il la regarda puis la lâcha brusquement. Elle glissa à ses pieds, pitoyable.

– C'est ce petit malfeu de Roderic ? Tu t'es donnée à lui ? gronda le Danois.

Edel hésita. Elle entendit un craquement à l'extérieur et devint plus pâle qu'une morte.

Le Danois aussi avait entendu. Il enfila son escoffle de cuir, saisit sa hache et se dirigea sans bruit vers la porte qu'il ouvrit d'un coup. Quelqu'un ou quelque chose se mit à courir dans les fourrés.

Rurik lança un dernier regard à Edel et se lança à la poursuite de l'inconnu.

La malheureuse se jeta sur la porte qu'elle referma en sanglotant.

Terrifiée, elle s'adossa au battant et vit le volet de la fenêtre, en face d'elle, s'ouvrir lentement avant de perdre conscience.

DEUXIÈME PARTIE

« Au grand jamais en cette vie,
Tant que luira la lune d'or,
Je ne boirai cette boisson
Avant d'avoir vu mon amie ;
Ma fiancée est-elle prête,
Celle pour qui j'ai tant veillé ? »

Le Kalevala, *chant* XIX,
épopée finnoise.

14

Les torches brûlaient, projetant leurs ombres agiles sur les murs passés à la chaux. Il ne faisait pas encore jour que le vieux prêtre de la paroisse de Jumièges se tenait devant l'abbé Eustache. Il avait demandé audience et cela était si peu ordinaire que l'abbé l'avait reçu aussitôt dans la salle capitulaire, avant de se rendre à matines.

Le visage creusé par la fatigue, l'abbé marchait de long en large et le vieux prêtre pensa que la nervosité du père Eustache était due à sa visite. Il se trompait. Ce matin-là, l'abbé avait bien d'autres soucis que celui d'être dérangé dans ses habitudes. C'est pourquoi il écouta d'une oreille distraite les propos du vieil ecclésiastique et ce fut grand dommage pour la suite des événements.

– Révérend père abbé, si j'ai demandé à vous voir avant matines, c'est qu'il m'est arrivé une chose bien inquiétante cette nuit et que je désirais me confier et m'en remettre à votre haute sagesse.

Le vieil homme se tordait les mains avec nervosité et sa voix tremblait un peu. L'abbé s'arrêta brusquement, planté devant le vieux prêtre :

– Parlez, mon frère, je vous écoute, dit-il avec gravité.

– Je me suis couché tard à cause du grand repas et des réjouissances. Après avoir entendu sonner vigiles en l'abbaye, je me suis endormi de suite. Des coups frappés à la porte de l'église m'ont tiré brusquement de mon sommeil. Je me suis levé et je suis allé entrouvrir l'huis. C'est alors que j'ai entendu une voix d'homme prononcer haut et fort la phrase sacrée : « De cet anneau, je vous épouse et de mon corps je vous honore. »

» La femme était un peu en retrait derrière un homme de grande taille, le voile pourpre cachait son visage. Elle a tendu la main et il lui a passé l'anneau avant que je puisse l'en empêcher ou fermer la porte.

– Vous ne les avez pas reconnus ? Qui peut bien avoir eu besoin de se marier ainsi en secret ?

– Je ne sais, père abbé, il ne faisait pas encore jour et l'homme tenait sa cagoule baissée.

– Qu'avez-vous fait alors ?

– Je les ai bénis, mon révérend. Que Dieu me pardonne si j'ai mal agi, cela me tourmente.

L'abbé Eustache se détourna, regardant par la fenêtre de la salle et poussa un profond soupir, presque soulagé :

– De toute façon, mon frère, vous savez bien qu'en prononçant ainsi la phrase devant vous, ils se sont mariés devant notre seigneur Dieu et que vous n'y pouviez rien.

– Oui, mais…, protesta faiblement le vieil homme.

– Allez en paix, mon frère, et remettez-vous en la grande sagesse de Dieu bien plus qu'en la mienne, l'interrompit l'abbé.

– Mais, révérend, il y a peut-être eu là quelque tromperie…

– Je ne le veux penser, mon père. Sans doute, rien de plus que deux enfants qui s'aiment et que leurs parents ne voulaient donner l'un à l'autre.

– Que notre Seigneur Dieu vous entende, mon révérend, dit le vieux prêtre en s'inclinant devant l'abbé, avant de se retirer à regret.

L'abbé Eustache attendit qu'il soit sorti pour se laisser tomber sur un faudesteuil. Il se passa la main sur le front ; il se sentait si las. La charge de toutes ces âmes lui pesait chaque jour davantage.

Sans cesse, il se rappelait le moment où les moines l'avaient élu « d'un seul cœur ». Il avait protesté devant toute l'assemblée : *Non sum dignus*, je ne suis pas digne.

Mais les moines n'avaient pas écouté ses protestations et l'avaient porté jusqu'au siège de l'abbé. Cela faisait maintenant quatre années qu'il avait cette écharde dans la chair. Quatre longues années qu'il essayait d'être digne de cette charge et qu'il ne trouvait trop souvent autour de lui que vilenies, mensonges, haines ou vanités.

Le pouvoir, il l'avait en horreur. La haute autorité ne lui convenait point, il abhorrait ses conséquences. Du jour au lendemain, ses proches l'avaient observé d'un autre œil. Les uns s'étaient faits serviles, essayant de gagner ses faveurs… les autres étaient devenus distants, le visage fermé, dissimulant mal leur rancœur, leurs ambitions déçues et peut-être l'espoir qu'ils avaient de le compromettre ou – qui sait ? – de le prendre en défaut…

Au fond, l'arrivée de ce visiteur envoyé par l'évêque de Lisieux démontrait une fois de plus qu'il avait raison et que se tramait en l'abbaye quelque complot dont il ignorait tout. Quelle calomnie avait-on pu employer pour que Arnulphe dépêche ce moine à Jumièges ? Pourtant l'évêque le connaissait et lui avait maintes fois réitéré sa confiance. Et s'il n'y avait que cela… Mais en plus, s'ajoutait la disparition de son sceau.

Cette nuit-là, alors que les feux de la fête illuminaient encore le village, l'abbé avait écrit une longue lettre à l'évêque, lui demandant des explications sur la venue du visiteur. Il voulait savoir de quoi il retournait et pourquoi Arnulphe n'avait pas cru bon de l'aviser de cette visite.

Saisissant la cire blanche, il avait déverrouillé son coffret de métal pour y prendre le *sigillum*, marque de son pouvoir. Le coffret était vide. Il n'y avait plus rien sur le coussin de velours rouge, son sceau personnel avait disparu ! Eustache avait laissé choir sa lettre sur l'écritoire et s'était mis à faire les cent pas dans sa cellule. Jusqu'à ce qu'on le retrouve, il savait qu'il ne pourrait signer aucun document officiel ni même cette lettre pour l'évêque de Lisieux.

De plus, il allait devoir annoncer cette incroyable disparition au cours du chapitre le matin même, devant l'assemblée des moines et bien sûr devant le frère visiteur.

L'abbé était encore indécis sur la conduite à tenir quand un novice vint le chercher pour l'office de matines.

15

Mabille s'éveilla en sursaut et se rappela soudain la promesse faite à Edel la veille.

Elle sortit discrètement de la longère, alors que l'aube se levait à peine, et fila droit vers la maison isolée où Edel habitait avec sa vieille tante.

En approchant de la demeure de son amie, elle vit tout de suite que quelque chose n'allait pas. Il y avait un petit attroupement et au milieu, elle reconnut dame Arda, la vieille tante d'Edel, qui s'agitait et parlait fort. Elle voulait que l'on prévienne Drogtegand, le doyen du village, parce que, disait-elle, sa nièce avait disparu, qu'elle n'était pas rentrée de la nuit.

Instinctivement, Mabille se cacha derrière une houssaie pour écouter. Il fallait prévenir Edel avant que les villageois ne la trouvent dans les bras de son amant. Ils allaient tous, son promis en tête, la chercher et Mabille n'osait imaginer de quoi ils seraient capables s'ils trouvaient ces deux-là.

Après une brève hésitation, la petite décida d'aller voir chez Rurik et se mit à courir vers le village haut, passant derrière les chaumières par les ruelles entre les potagers.

« Pourquoi Edel a-t-elle choisi ce maudit Danois ? Il est si différent de nous. Les paysans l'ont en haine, ils se souviennent encore des ravages causés par les " fléaux de Dieu " et leurs drakkars. Et pour comble, Rurik, comme ses terribles ancêtres, possède le goût des armes et il les nargue sans cesse. Et maintenant, voilà qu'il leur prend la plus jolie fille du village, celle que tous désirent ! » pensa Mabille, tout en accélérant le pas.

Après avoir dépassé l'abbaye, elle obliqua dans les bois vers la léproserie. La journée s'annonçait maussade, le vent d'équinoxe agitait la cime des arbres et faisait bruire les feuillages.

Comme la plupart des villageois, Mabille n'aimait guère à s'aventurer par là, de peur de croiser un lépreux, voire d'entendre seulement la crécelle qui annonçait sa redoutable approche.

Elle s'arrêta un instant, le souffle court, mais elle avait le caractère têtu, son père le lui reprochait assez. Elle avait décidé de retrouver son amie et elle se souvenait que l'abbé prêtait au Danois une petite maison sise non loin de la maladrerie. Edel la lui avait décrite et la jeune fille pensait pouvoir la reconnaître.

Soudain elle sursauta : une silhouette sombre était apparue au détour du chemin. Elle plissa les yeux puis se détendit, c'était un frère bénédictin qui s'en revenait vers l'abbaye. Quand il arriva à sa hauteur, Mabille esquissa un timide signe de croix mais le religieux ne la bénit pas et passa sans la voir, le visage enfoui dans son scapulaire, perdu sans doute dans ses pensées.

Il n'y avait toujours pas de maison. La jeune fille commençait à regretter de s'être aventurée aussi loin de chez elle, quand elle vit une sente qui menait à une petite clairière envahie d'herbes folles, avec au milieu une chaumière en mauvais état. Une barrière d'ajoncs tressés protégeait un potager à l'abandon. L'endroit était silencieux.

Mabille, le cœur serré, avança lentement, hésitant à aller plus loin. Elle fit encore le signe de croix et appela timidement :

– Edel, Edel, c'est moi.

Elle se retrouva bientôt devant la porte, n'osant frapper.

– Rurik, Edel, c'est moi, Mabille, dit-elle d'une voix que la crainte rendait tremblante.

Hormis le vent qui faisait claquer un volet quelque part derrière la bâtisse, rien ne bougeait à l'intérieur.

C'est alors que Mabille s'aperçut que la porte était entrouverte. Après une courte hésitation, elle poussa doucement le battant du bout de son pied nu et l'huis s'ouvrit en grinçant.

L'intérieur se révélait plus sombre que les Trous Fumeux du Mesnil et l'ombre de Mabille s'étira dans le rectangle lumineux de l'entrée. Une fois ses yeux habitués à l'obscurité, la jeune fille avança à petits pas. Des relents de cuir mouillé, de graisse et de fumée lui montaient à la gorge. Elle se trouvait dans la tanière du Danois. La feuillée fanée, qui recouvrait le sol de terre battue, formait des tas sentant la pourriture d'automne.

Des fanons de baleines et des lanières de peaux, avec lesquels Rurik confectionnait des arcs, avaient été mis à sécher près de la cheminée où rougeoyaient encore quelques braises. Dans un coin de la grande pièce s'empilaient des peaux de renards et de loups…

Non loin de là étaient rangés des archais et des couires, ainsi que les lances de jet qui servaient à la chasse à la baleine. Les armes étaient soigneusement nettoyées et graissées. Accrochées au mur, des haches jetaient de sinistres éclats métalliques. Mabille imaginait mal la fine et coquette Edel dans cette antre de chasseur.

Ne voyant pas trace de son amie, elle allait ressortir quand elle remarqua le lit. Protégée par une vieille tenture décolorée, la couche du Danois occupait l'angle le plus reculé de la pièce. Mabille s'approcha lentement et écarta le rideau. Des courtepointes en fourrure gisaient en tas sur le sol à côté d'un matelas éventré. Quant à l'unique volet de la pièce, il battait avec violence, éclairant la scène par intermittence.

Était-ce le bruit du volet, les courtepointes en lambeaux, ou l'odeur de décomposition, la jeune fille se raidit, envahie par une sourde angoisse. Elle tourna les talons et sortit en courant, laissant la porte grande ouverte derrière elle.

Quand elle se jugea suffisamment loin de la maison du Danois, elle ralentit un peu son allure puis s'arrêta. Devant elle, un peu plus loin, se profilait la sombre silhouette de la maladrerie.

Essayant de se raisonner et de reprendre son souffle, elle avisa un petit tertre entouré de bosquets et décida de s'y reposer quelques instants. Après avoir écarté les branches, elle se glissa entre les buissons et se laissa choir sur une roche moussue.

La tête dans les mains, elle se mit à réfléchir essayant de rassembler ses idées. « Qu'avait-il bien pu arriver pour qu'Edel ne soit pas rentrée chez elle ? Ou peut-elle bien être maintenant ? Est-elle déjà partie pour l'Orient en compagnie de Rurik ? »

La petite haussa ses frêles épaules. « Non, cela n'allait pas ! Edel l'avait prévenue… elle ne voulait pas partir tout de suite. Mais alors, ce lit, ce matelas éventré, comme si on s'était battu, et cette maison ouverte à tous vents. »

Tout à coup, une terrible pensée lui vint. Elle se souvenait des confidences de son amie, si sûre d'elle-même, sûre de tromper le monde entier… « Rurik s'était peut-être montré moins naïf que les autres et avait découvert de quoi sa belle était capable… »

Mabille frissonna. Le soleil perçait déjà entre les arbres et la jeune fille, prêtant peu à peu attention à ce qui l'entourait, réalisa qu'il devait se faire tard et que ses parents allaient s'inquiéter eux aussi.

Ne sachant plus comment prévenir Edel, elle décida qu'il était temps de rentrer au hameau et, sans rien dire, de se joindre aux recherches des villageois.

Le vent soufflait de plus en plus fort, faisant voler les feuilles des branches hautes. La petite se releva, s'essuyant les mains sur sa cotte.

Soudain, elle vit au-dessus d'elle des corbeaux qui approchaient en décrivant de grands cercles dans le ciel gris.

Deux d'entre eux s'abattirent d'un coup derrière d'épais taillis.

Mabille s'était immobilisée, se demandant ce qui pouvait exciter les rapaces.

– Quelque charogne, sans doute, murmura-t-elle le cœur serré. Je déteste ces oiseaux de malheur !

D'autres corbeaux vinrent se percher dans les arbres alentour, croassant avec colère.

La petite allait s'enfuir quand elle aperçut une sorte de tache rouge qui tremblait au milieu des buissons agités par la bourrasque.

Elle s'approcha et vit que c'était un long fil écarlate accroché aux épineux. Elle tira dessus sans succès. Il avait l'air de provenir d'un morceau de tissu coincé derrière les bosquets. Cédant à la curiosité, Mabille décida de l'aller chercher et, se frayant un passage, traversa les taillis.

Furieux d'être dérangés, les corbeaux s'envolèrent lourdement et tout à coup, dans le demi-jour, Mabille aperçut le corps d'une femme étendue au pied des arbustes. Elle était de petite taille et son visage était recouvert d'un voile rouge.

Les yeux exorbités, la jeune fille s'approcha, détaillant avec horreur les membres mutilés, les chairs diaphanes sous les lambeaux de la chemise teintée de sang... mais le plus terrifiant, c'était cette ouverture béante entre les seins.

Le torse avait été fendu en deux comme par un seul coup de hache et la plaie longue d'une dizaine de pouces allait jusqu'au ventre, mettant par endroits les os à nu.

Mabille se mordit si fort les lèvres que le sang jaillit sans qu'elle s'en rende compte. Elle avança une main tremblante vers le voile masquant le col et le visage du cadavre. De lourdes mèches dorées s'en échappaient et la petite, sans vouloir y croire, savait déjà qui elle allait trouver dessous.

Elle tira et le voile rouge, celui dont les mariés couvrent leurs têtes, lui tomba des mains. On eût dit qu'un loup s'était acharné sur la gorge blanche d'Edel, la déchiquetant à coups de dents. Le sang avait séché, barbouillant le menton de traînées noirâtres où s'affairaient des fourmis. La belle, la jolie Edel regardait droit devant elle, ses yeux gris vert emplis d'effroi, la bouche déformée par un rictus de douleur atroce.

Tremblant de tous ses membres, Mabille entendit hurler près d'elle et s'aperçut que c'était *elle* qui hurlait sans pouvoir s'arrêter, ne pouvant détacher son regard du corps torturé de son amie et de ses plaies grouillantes d'insectes.

Toujours criant, elle s'enfuit, courant comme une folle droit devant elle, sans se soucier des branches qui griffaient son visage. Arrivée au guichet de la léproserie, elle martela le battant en hurlant de plus belle, meurtrissant ses petits poings sur les ferrures avant de glisser sur le sol, évanouie.

Quand elle revint à elle, Mabille reposait sur une litière. Un frère infirmier la contemplait, l'air anxieux. Un moine se tenait derrière lui, attendant les ordres.

La jeune fille tremblait de tous ses membres, elle regarda les deux hommes sans les voir et quand elle ouvrit la bouche, ce fut pour hurler à nouveau. Elle essaya de parler mais n'y arrivant pas, hurla de plus belle. Les images atroces du corps d'Edel tournoyaient autour d'elle comme tout à l'heure les corbeaux autour du cadavre. Elle battit des bras pour les chasser, repoussant les hommes qui essayaient de la maintenir. Aidé par le moine, l'infirmier, qui lui soutenait la tête, lui glissa entre les dents une potion à base de suc de pavot. Et elle sombra à nouveau dans l'inconscience.

16

Le long couloir menait à une étroite porte de chêne cloutée. Le novice fit signe à Galeran d'entrer et s'en alla sans bruit.

Une fois le loquet soulevé, le battant s'ouvrit silencieusement dévoilant la longue salle de la bibliothèque où l'attendait le père Foulques, préchantre de Jumièges, officier responsable du scriptorium.

Les étroites fenêtres donnant sur le cloître éclairaient chichement les pupitres où étudiaient les moines.

Des volumes reliés et des manuscrits roulés étaient rangés sur des tablettes fixées aux murs. Certains ouvrages rares étaient même enchaînés afin qu'on ne les puisse dérober. Galeran l'apprit plus tard, un frère bibliothécaire, le *thésaurarius*, gardien du trésor, en détenait les clés.

Le lieu baignait dans une atmosphère paisible, juste troublée par le bourdonnement des mouches. Ici, plus qu'ailleurs, l'on observait la règle de silence avec rigueur et nul ne devait dialoguer sauf par signes ou par écrit.

« *Taciturnitas virtutes plurimas nutrit*, la taciturnité est la mère de toutes les vertus », songea en souriant le chevalier, qui s'avança sans bruit jusqu'au centre de la pièce.

Le père Foulques surveillait deux jeunes novices qui déchiffraient avec application le *De contemplado Deo* de Guillaume de Saint-Thierry.

Le chevalier dévorait des yeux les nombreux volumes. Il remarqua des écrits d'auteurs latins, il y avait là Tacite, Sénèque, Tite-Live, la fameuse chronique normande de Guillaume de Jumièges et cet évangéliaire, dont lui avait parlé Arnulphe, couvert de pierreries et d'or, offert par le moine Renaud au temps de Guillaume le Conquérant. Il y avait tant d'ouvrages et de parchemins réunis en ce lieu que le chevalier, émerveillé, ne savait où donner du regard.

Le préchantre leva la tête en entendant son pas. C'était un homme gras au faciès de grenouille, les joues et la lippe tombantes. Ses yeux globuleux ombrés d'épais sourcils bruns semblaient contempler le monde avec réprobation. Son froc noir était ceinturé d'une lourde courroie de cuir, à laquelle pendaient une tablette et un stylet.

Foulques désigna au chevalier les volumes de la bibliothèque et fit une série de gestes de ses deux mains réunies.

Galeran secoua négativement la tête. Il ne connaissait pas le langage par signes des bénédictins, d'autant que d'un ordre religieux à l'autre, ces mimiques variaient ou désignaient des choses différentes. Chez les clunisiens, par exemple, passer son doigt d'un sourcil à l'autre, symbolisait aussi bien la truite… que la femme !

Se voyant incompris, le préchantre haussa les épaules d'un air plus réprobateur que jamais. Il saisit sa tablette enduite de cire et grava le chiffre de 580 pour indiquer au jeune homme le nombre d'ouvrages que contenait la bibliothèque de Jumièges.

Même à Cluny, Galeran n'avait jamais rien vu de pareil. L'évêque n'avait pas menti, l'abbaye recelait là un véritable trésor.

Toujours en silence, Foulques alla ensuite ouvrir une petite porte au fond de la bibliothèque et fit un grand geste, invitant le chevalier à passer devant lui. Galeran pénétra dans le saint des saints de l'abbaye, le fameux scriptorium où les moines recopiaient et enluminaient les manuscrits.

Malgré le ciel gris, les fenêtres voûtées renvoyaient la lumière du cloître sur les murs chaulés de l'atelier. La salle était plus vaste que la bibliothèque et une agréable odeur d'encre et de cire y flottait. Une statue, sculptée par un des moines dans le tronc d'un chêne, représentait Philibert, le saint fondateur de Jumièges. Les moines l'avaient dressée au haut bout de la salle, comme un gardien silencieux et bienveillant.

Foulques avait réuni près des fenêtres une dizaine de copistes, assis sur leurs chaières à escrire, courbés sur leur ouvrage, les plumes crissant sur les parchemins.

De l'autre côté de la salle, il avait installé les novices sur des tabourets, une planchette sur les genoux, préparant les vélins, coupant et nettoyant les peaux avec des pierres ponces. Un peu plus loin, de vieux moines perçaient avec précaution des trous dans les pages enluminées à l'aide d'une alêne, puis les reliaient en volumes.

Personne n'avait tourné la tête. Seul un jeune novice osa lever des yeux étonnés vers le chevalier, car ici, au cœur de l'abbaye, les visiteurs étaient rares.

Foulques mena Galeran près d'un jeune moine qui travaillait courbé sur une enluminure.

À côté du pupitre, sur un petit meuble, étaient posés d'étranges outils : cornettes contenant des encres rouge et noire, scalpels, poinçons, plumes d'oie et de cygne de diverses tailles, craies, fils à plomb…

Malgré son jeune âge, le moine maniait la plume avec dextérité, traçant des entrelacs où se glissaient des animaux fabuleux, aux regards trop humains, dévorés par des hommes aux silhouettes torses.

Galeran entendit la porte s'ouvrir et leva la tête. Odon venait d'entrer en compagnie d'un frère de robuste stature. Les mains des deux hommes s'agitaient, dessinant dans l'air des signes que le chevalier ne savait lire.

Odon avisa Galeran, sembla hésiter puis reprit sa conversation muette avec frère Onfroi, le cellérier de l'abbaye.

Le chevalier faisait mine de s'intéresser à nouveau au travail du copiste quand un novice entra précipitamment. C'était un tout jeune homme d'une quinzaine d'années. Il s'agenouilla, saisissant le bas de la robe d'Onfroi et rompant le silence du scriptorium, cria d'une voix aiguë :

– Le père abbé m'envoie vous chercher, mon père, ainsi que frère Odon de Lisieux et le préchantre. Il vous attend à la salle capitulaire, tout de suite.

Odon leva un sourcil étonné, le cellérier grimaça et le préchantre, l'air de plus en plus réprobateur, fit signe à Galeran qu'il devait l'abandonner.

Les religieux se dirigèrent en silence vers la sortie, quant à Odon, il vint vers le chevalier et lui serra longuement la main avant d'emboîter le pas aux autres religieux.

Le chevalier sentit un petit morceau de parchemin entre ses doigts et l'enfouit discrètement dans son aumônière. Il retourna aussitôt à sa cellule et là, à l'abri des regards, déplia le message que lui avait glissé Odon.

Il était laconique : « Rejoignez-moi près de l'embarcadère avant l'office de sexte. »

Le moine, prudent, n'avait pas même inscrit son nom en bas du parchemin. Quant à Galeran, il en fit une petite boule qu'il avala.

17

Après la mise à mort de la baleine, et malgré l'approche de la marée d'équinoxe, la navigation sur le fleuve avait repris ses droits.

De petites embarcations aux voiles carrées profitaient du vent fort pour remonter la Seine en tirant bord sur bord. De temps à autre, de lourdes barges passaient, frôlant les berges, avec leurs chargements de bois ou de bétail sur pied.

Galeran s'était installé sur une vieille souche non loin de l'embarcadère et rêvassait, les yeux mi-clos.

Soudain, il leva la tête et aperçut Odon qui émergeait d'une sente bordée de grands aulnes aux formes tourmentées.

Le moine marchait vite, une expression soucieuse sur le visage. Toute trace d'humour avait déserté ses traits et il passait une main nerveuse dans sa courte barbe rousse.

– Eh bien, frère Odon, vous respectez à fond la loi du silence, je ne vous ai pas entendu venir ! dit le chevalier en se levant.

Le moine se contenta de hocher la tête en murmurant :

– Grand merci de m'avoir attendu, messire.

Les deux hommes se donnèrent spontanément l'accolade et Galeran remarqua :

– Vous avez l'air bien grave, mon frère.

– En effet, mais d'abord une question : qu'avez-vous fait de mon message ?

– Ce qu'on doit en faire généralement. Il était un peu dur à avaler pourtant !

Odon se mit à rire doucement :

– Je vois que nous nous comprenons et que je peux vous en dire plus long. Venez donc par là, chevalier, ce que j'ai à vous mander est important et je ne tiens pas à ce que des oreilles indiscrètes surprennent nos propos.

Le moine entraîna le chevalier vers un bosquet et s'assit en tailleur dans l'herbe priant Galeran de prendre place à ses côtés.

– Voilà, messire, mais d'abord une promesse, ce que je vais vous confier restera entre nous.

– Il en sera fait comme vous le souhaitez, répondit gravement le chevalier.

– Mon évêque m'a dit qui vous étiez et il m'a révélé pourquoi il vous avait fait venir à Jumièges. Vous le savez, cette abbaye est l'un des plus anciens bastions de notre foi et comme tel, mérite notre attention. Cela fait plusieurs mois que des plaintes en proviennent, signalant un relâchement des mœurs et plus grave encore, de l'autorité de l'abbé. En vérité, la règle de saint Benoît ne serait plus observée à la lettre et le fait est suffisamment grave pour justifier ma mission, *notre* mission. Car monseigneur Arnulphe a pensé qu'il fallait, en plus de ma personne, un visiteur indépendant en ces lieux et c'est vous qu'il a choisi.

Le chevalier hocha la tête avec humeur :

– Vous voulez dire que Arnulphe a manigancé ma

venue à Lisieux avec Bernard de Clairvaux ? Non, Odon, cela ne tient pas ; s'il a pris ce genre de liberté envers moi, c'est qu'il y a quelque chose de plus sérieux qu'une affaire de mœurs ou d'autorité. De toute façon, le procédé a de quoi me déplaire et je ne manquerai pas de le lui faire savoir.

– Je le comprends, chevalier et je suis d'accord avec vous. Arnulphe a du avoir vent d'autre chose mais de quoi ? Il ne m'a rien voulu dire de plus. Et maintenant que nous sommes ici, il se passe des événements bien étranges, comme si notre venue les avait déclenchés.

– Quelles sortes d'événements ?

– Tout d'abord, prenez ceci, c'est une missive d'Arnulphe à votre intention. Sans doute, un mot d'excuse, dit le moine avec un sourire malicieux.

Le chevalier prit la missive et la glissa dans son bliaud.

– Je lirai ça plus tard. Dites-moi de quoi il retourne.

– Bien, tout d'abord la plainte, vous l'aviez sans doute deviné, venait du prieur. Les rôles secondaires ne lui conviennent pas, il veut être le premier et brigue la place de l'abbé. Rien de plus à mon avis qu'une querelle de pouvoir, mais il me faudra y regarder de plus près, ses accusations sont trop graves pour n'y pas répondre.

Odon observa quelques instants de silence, puis il dit à mi-voix :

– Ce qui jette le trouble aussi, c'est que l'abbé a un passé…

– Que voulez-vous dire ?

– Oh, rien de précis. Il est entré très tard dans les ordres vous savez… avant, il a été marié trois fois et il a été veuf trois fois, presque aussitôt… qu'en pensez-vous ?

Le chevalier tiqua :

– Une série noire, comme au jeu ! murmura-t-il, ce sont des choses qui arrivent, mais je suppose que la haute autorité a fait son enquête ?

– Bien sûr, bien sûr, mais ce ne fut pas facile. L'abbé appartient à une lignée puissante et là aussi, comme chez nous, le silence est de règle, mais pas pour la bonne cause !

– Ainsi, il s'est retiré du monde, a renoncé au pouvoir et à la richesse… et pourtant, le voilà de nouveau en charge de gouverner, murmura le chevalier.

– Plus depuis ce matin, dit calmement Odon.

– Qu'entendez-vous par là, mon frère ?

– Ce matin au chapitre, l'abbé nous a annoncé que son sceau avait disparu. Il est maintenant comme un roi sans couronne.

– Le sceau personnel de l'abbé ou celui de l'abbaye ?

– Jumièges n'a pas de sceau conventuel, seul l'abbé en détient un. Il lui sert à signer les actes officiels de l'abbaye ou les courriers importants.

Le chevalier hocha la tête puis détachant les mots, déclara avec gravité :

– Il ne peut donc plus certifier de documents, je me souviens que Bernard de Clairvaux m'a parlé d'un problème semblable. Son secrétaire avait dérobé son sceau pour faire quelques courriers personnels sous sa signature. Y a-t-il quelques achats de terres, ou transactions en cours à Jumièges ou dans la région ?

– Je ne sais, chevalier, je n'avais pas pensé à cela, répliqua Odon, songeur. Je vais me renseigner. Vous avez raison, j'ai estimé d'abord que c'était uniquement pour discréditer l'abbé à mes yeux, mais il y a peut-être là quelque manœuvre plus dangereuse encore qui, cette fois, concernerait l'abbaye tout entière.

» Et ce n'est pas tout. Écoutez ça : si l'abbé nous a convoqués, après le chapitre ce matin, c'est qu'il est advenu plus terrible encore. Un événement qui, au moment de la grande marée d'équinoxe, pose un gros problème à Jumièges.

– Quoi donc ?

– La relique du saint fondateur, l'os de saint Philibert a disparu.

– Et quel rapport avec la marée ?

– Une procession doit avoir lieu le 21 septembre, veille de l'équinoxe. Procession où l'abbé intercède auprès du saint patron de Jumièges pour la protection du village et des hameaux voisins, car ici la marée a des effets redoutables. Ce jour-là, l'abbé doit présenter l'os de saint Philibert aux habitants de la presqu'île.

– Je vois. Ce pauvre abbé Eustache est, semble-t-il, bien mal en point.

– Pour ça, oui. Un peu trop à mon goût, comme si on s'acharnait à le perdre.

– Comment s'est passé le vol de la relique ? J'ai visité brièvement la salle du trésor et je me rappelle que le camérier m'a confié être le seul à en avoir les clés.

– Non, il était le seul à posséder *la* clé de l'ancienne chaîne. Voici trois jours, on a trouvé la chaîne brisée. L'abbé l'a fait porter au forgeron qui n'a pu la finir avant la fête et l'a lui-même déposée ce matin. Et en descendant à la salle, juste fermée par une serrure dont même le portier a les clés, les deux hommes se sont aperçus que la relique de saint Philibert avait disparu !

– Drôle de coïncidence, cette chaîne brisée quelques jours avant le vol…

– Ce n'est pas tout, une jeune fille du village, Edel, a disparu elle aussi.

– Edel… oui, il me souvient, une pucelle très accorte et même assez provocante.

– Je ne sais ce qu'elle est mais depuis l'aube, tous les villageois la cherchent. De plus, une autre damoiselle, la jeune Mabille, a été recueillie au petit matin à la léproserie. Le frère infirmier a été obligé de lui donner du pavot tellement son agitation était grande. Elle semblait en proie à une grande terreur et avait perdu l'usage de la parole.

– Mabille ? J'ai rencontré ces deux jeunes filles à la fête. Ce sont je crois deux amies plutôt dissemblables comme cela arrive souvent, mais l'état de l'une n'est peut-être pas incompatible avec la disparition de l'autre. Eh bien, dites-moi Odon, vous avez raison, cela fait beaucoup d'énigmes et nous ne sommes là que depuis hier.

– Oui, messire Galeran, et nous ne serons pas trop de deux pour en venir à bout. Il faut que vous m'aidiez à trouver qui a pris le sceau et la relique. Il en va de la réputation de l'abbaye. Peut-être cette fille qui a disparu y est-elle pour quelque chose ?

– Peut-être, mais cela m'étonnerait fort, dit le chevalier en souriant. C'est une jolie plante qui ne songe qu'à manipuler ses galants. Je ne la crois coupable que de vouloir tourner la tête à tout ce qui porte braies sur la presqu'île. Pour moi, elle n'a guère autre chose en tête. Mais souvent, il ne faut pas l'oublier, ce genre de fille finit par tomber sur un bec ou par trouver son maître… et alors tout est possible. Bon, mais il y a un autre fait important.

– Quoi encore ? demanda Odon avec anxiété.

– La mort du pauvre Joce. Il n'est pas mort comme les pêcheurs.

– Il ne s'est pas noyé ? s'exclama le jeune moine.

– Si, mais je suis presque sûr que sa noyade n'était pas accidentelle.

– Vous voulez dire qu'il s'agissait d'un crime de sang, d'un assassinat ? Je n'ai point d'état d'âme, mais vous ne trouvez pas que c'est un peu trop, chevalier. Doit-on voir le malin partout ?

Les lèvres minces du chevalier esquissèrent un triste sourire :

– N'est-ce pas notre rôle à tous deux, cher Odon, d'explorer le moindre recoin, de mettre au jour ce qui s'y dissimule, même si cela nous blesse ?

Le jeune moine tourna la tête vers le chevalier et contempla le front large et haut barré d'une terrible cicatrice, les yeux bleus au regard résolu, la bouche aux lèvres minces, et soudain, il sentit ses craintes s'envoler.

– *De omnibus dubitandum est !* ajouta Galeran avec calme.

– Il faut douter de tout, répéta Odon, nous sommes faibles et nos vues sont courtes…

– Ceci dit, murmura le chevalier, nous en saurons plus si nous apprenons qui a sonné matines dans la nuit du dimanche au lundi.

– Vous vous moquez, chevalier ?

– Pas du tout, répliqua Galeran.

– Expliquez-vous.

– Normalement, je me suis renseigné auprès du père hôtelier, c'était Joce qui devait sonner matines, seulement je pense qu'il était déjà mort à ce moment-là.

– Cela voudrait dire que celui qui a sonné matines à

sa place serait son assassin ?

– Oui… ou bien qu'il avait remarqué sa disparition. Il faut questionner les moines, Odon. Il y a certainement un détail qui nous éclairera.

– Bien, soupira le moine. Qu'allez-vous faire pendant ce temps ?

– Gagner la léproserie et questionner cette pauvre gamine. Et puis retourner voir le portier et le vieux Sven, j'ai encore quelques questions à leur poser.

Odon hocha la tête et tout en dévisageant le visage grave du jeune homme, dit lentement :

– Vous êtes un homme étrange, chevalier. La clairvoyance est une qualité rare. Arnulphe savait ce qu'il faisait en vous faisant venir. Prenez garde à vous.

– Vous aussi, Odon, et souvenez-vous que vous courez maintenant après un assassin !

– Baste, tant que nous courons lui et moi, tout va bien ! rétorqua le petit moine en retrouvant son sourire moqueur.

18

– Elle est revenue à elle, messire. Mais vous n'êtes pas de sa famille ? demanda le frère infirmier en guidant le chevalier dans les couloirs de la léproserie.

– Que non pas, je suis l'invité de l'abbé Eustache et j'ai eu l'occasion de rencontrer cette enfant à la fête, hier. Elle était en compagnie de son jeune frère. Elle semblait heureuse et m'a fait l'effet d'une fille plutôt naïve. Où l'avez-vous trouvée ?

– Elle est venue frapper au guichet et s'est évanouie devant notre porte avant que nous ayons le temps de lui ouvrir.

– À votre avis, mon père, a-t-elle été violentée ? demanda le chevalier.

– Non pas, il n'y avait aucun désordre dans ses vêtements et elle ne portait point trace de coups.

– A-t-elle parlé depuis ?

– Non, elle n'a fait que hurler pire qu'une bête, elle semblait en proie à une terrible frayeur. J'ai donc préféré lui procurer quelques heures d'oubli.

– Vous avez bien fait mon père. Depuis, elle a repris connaissance ?

– Oui, mais elle ne dit plus rien. Elle reste les yeux fermés, recroquevillée sur elle-même. Je ne sais trop que faire, je vous l'assure.

– Comment savez-vous qui elle est si elle ne parle pas, vous la connaissiez ?

– Nenni, mais un des jeunes qui travaille aux cuisines est l'ami de son cadet. Il était dans la cour quand on l'a portée à l'infirmerie. J'ai aussitôt fait prévenir notre abbé et la famille de la petite.

– Ses parents ne sont pas venus la chercher ?

– Oh si, mais vu son état, il était préférable qu'ils nous la laissent. Ils étaient en pleurs, ces pauvres gens !

– Je vois. Pouvez-vous me laisser seul avec elle, mon père ?

– Je laisserai la porte entrouverte et vous attendrai dans le couloir, chevalier, dit le frère non sans méfiance.

– Merci. N'ayez crainte, mon père, je ne lui veux aucun mal et espère au contraire pouvoir la ramener à elle.

– Que Dieu vous entende, chevalier, dit l'infirmier en poussant une petite porte, c'est ici, entrez.

La cellule était étroite et sombre comme un couloir. Il y régnait une chaleur étouffante. Enveloppée dans une lourde couverture de laine, Mabille reposait sur une litière de paille et le frère infirmier avait fait disposer un petit brasero à ses côtés.

Il n'avait pas menti. Couchée sur le côté, les yeux fermés, Mabille agitait convulsivement les mains comme pour éloigner d'invisibles démons. Elle ne parut pas s'apercevoir de l'arrivée du chevalier.

Galeran saisit un escabeau et s'assit sans rien dire, observant le visage creusé de la jeune fille où perlait une sueur à l'odeur âcre. Puis il posa doucement la main sur son front. Il était brûlant.

– Mabille, murmura le chevalier. C'est moi, Galeran de Lesneven, ne craignez rien.

La jeune fille resta sans réaction.

Le chevalier se leva et écarta brusquement le brasero. Il alla ensuite à l'étroite fenêtre et ouvrit en grand le volet pour donner de l'air. Puis il appela le frère infirmier :

– Mon père, votre malade étouffe. Il faut qu'elle respire à l'aise.

– Elle grelottait, je craignais qu'elle ne prenne froid ! Mais qu'en pensez-vous, que faut-il faire alors ?

– Apportez-moi de l'eau fraîche et des linges. Il nous faut bassiner le front de la malade pour que la tête se dégage… Avez-vous de la moutarde noire, mon père ?

– Oui, bien sûr, pour soigner les douleurs de poitrine !

– Eh bien nous, nous allons en mettre en sinapisme sur les pieds de la petite, pour tirer le sang vers le bas.

– Et si nous ne réussissons pas ? murmura le brave moine, un peu vexé.

– Il n'y a que la foi qui sauve, vous devez savoir cela mon père, dit le chevalier en riant, allez dépêchez-vous !

Le moine s'éclipsa et revint peu après avec ce que lui avait demandé le chevalier. Galeran découvrit la malade et enveloppa ses petits pieds nus avec les sinapismes à la moutarde, tandis que l'infirmier, détournant pudiquement les yeux, posait une compresse mouillée sur son front brûlant.

– Maintenant, laissez-nous, intima sèchement le chevalier que ces simagrées exaspéraient. Je vous appellerai dès qu'elle reviendra à elle.

Offusqué, le frère hésita puis sortit, tirant la porte derrière lui.

Galeran revint s'asseoir à la tête du lit, guettant avec inquiétude les réactions de la malade.

Brusquement ses yeux s'ouvrirent. Elle regardait maintenant autour d'elle avec attention.

Elle eut encore un gémissement plaintif puis dit d'une voix si faible que Galeran l'entendit à peine :

– Pourquoi suis-je ici ? Il fait jour, pourquoi suis-je couchée ?

Elle voulut se redresser, poussa un petit cri :

– Ah, je me souviens ! Je me souviens !

Elle retomba sur sa couche et éclata en sanglots violents.

Galeran poussa un profond soupir. « Elle est sauvée », songea-t-il.

Il se leva tranquillement, alla plonger un nouveau linge dans l'eau fraîche et l'appliqua avec douceur sur le front de la jeune fille.

– Vous me reconnaissez, Mabille, n'est-ce pas ? dit le chevalier à mi-voix.

La petite tourna vers lui ses yeux noisette, mais ne prononça pas une parole.

– Je m'appelle Galeran et souvenez-vous, damoiselle, hier soir à la fête, nous avons carolé. Nous nous sommes bien amusés.

Il y eut un petit sourire sur le visage de la jeune fille et elle murmura :

– C'est vrai, messire, c'est vrai… nous nous sommes bien amusés.

Un long moment passa.

– Je veux m'asseoir, chevalier, dit-elle tout à coup. Aidez-moi à me relever.

Galeran la saisit sous les aisselles et, la soulevant à demi, l'aida à appuyer son dos contre le mur. Il lui glissa ensuite un coussin derrière la tête.

– Et puis, il y avait Edel, la jolie Edel que vous chérissez, poursuivit-il.

Au nom de son amie, les yeux bruns s'agrandirent de terreur et Mabille se remit à gémir.

– Mabille, petite Mabille, n'ayez crainte, sur ma foi je vous protégerai, dit le chevalier en lui saisissant les mains qu'il serra fortement dans les siennes.

Il continuait à lui parler doucement, comme à un enfançon effrayé.

– Il ne faut plus avoir peur, petite.

Elle gémit plus fort et articula avec difficulté le nom de son amie.

– Vous savez où elle est, n'est-ce pas ?

– Le loup, gémit Mabille, le loup vert…

Elle essaya de retirer ses mains de celles du chevalier, elle avait si peur que ses dents s'entrechoquaient. Des gouttes de sueur se mêlaient à ses larmes. Galeran, qui s'était assis à ses côtés, la maintenait fermement contre lui.

Enfin, elle se calma et laissa aller sa tête sur l'épaule du jeune homme. Les traits de son visage, déformés par l'angoisse, parurent se détendre un peu. Sentant que sa peur reculait, Galeran continua :

– Voulez-vous m'accorder votre confiance, Mabille ? Je jure de vous protéger, quoi qu'il arrive. Regardez-moi, s'il vous plaît.

La jeune fille leva lentement la tête et ses yeux affolés détaillèrent le visage grave penché sur elle. Sa respiration se calma peu à peu.

Le chevalier attendit sans rien dire, la laissant reprendre lentement ses esprits, supportant l'examen de son regard éperdu, puis il appela l'infirmier qui écoutait toujours derrière la porte et lui demanda encore de l'eau.

– Oh, elle est revenue à elle, s'exclama le brave homme. C'est bien, mon enfant, je m'en vais tout de suite vous quérir de l'eau fraîche.

Tout heureux, le frère fit prestement demi-tour et s'en fut en courant.

– Voilà, nous sommes seuls maintenant. Dites-moi ce qui vous a fait si peur, damoiselle. Il ne faut rien me cacher. C'est Edel, n'est-ce pas, vous l'avez trouvée ?

– Elle est morte, dit Mabille d'une toute petite voix. Elle a été mangée par le loup. Je la trouvais pas... c'est à cause des corbeaux... du voile rouge...

– Que voulez-vous dire ? demanda le chevalier en fronçant les sourcils. Quel voile rouge ?

– Le voile de la mariée.

– Elle s'est mariée ?

La jeune fille ne répondit pas.

– Mabille, il faut tout me dire, c'est trop grave. Vous avez parlé d'un loup vert, tout à l'heure. Vous avez vu un loup vert ?

– Elle a été dévorée par le loup vert, c'est sûr, ça c'est sûr…

La jeune fille se tordait les mains, s'énervant à nouveau. Elle se mit à fredonner en se balançant d'avant en arrière :

– *Marchons, joli cœur, la lune est levée…*

– Du calme, Mabille, dit le chevalier que l'égarement de la jeune fille inquiétait. Du calme, tout va bien maintenant, vous êtes en sécurité ici. Dites-moi où avez-vous découvert votre amie ?

– Vous n'allez pas y aller, chevalier. Le loup vous tuera, vous aussi, et il vous mangera le cœur.

– Oh non, damoiselle, il faut plus d'un loup, même vert, pour venir à bout de moi. Il faut que je trouve Edel, Mabille. Si elle est morte, nous devons la faire enterrer. Vous ne voulez pas laisser votre amie ainsi, sans sépulture ?

Mabille se mordit les lèvres et dit à voix si basse que Galeran dut se pencher pour comprendre :

– Dans le bois, tout près de la maladrerie. Mais je veux pas y retourner, je veux pas !

– Non, Mabille, j'irai seul. Dites-moi seulement comment retrouver son corps. Je reviendrai vous voir cet après-midi et si vous vous sentez plus forte, je vous ramènerai chez vous, afin que vos parents prennent soin de vous. Je vous en fais promesse. Vous voulez bien ?

La voix douce et grave du jeune homme, ses yeux emplis de compassion firent encore une fois effet. La jeune fille se calma et acquiesça d'un timide signe de tête.

– D'ici là, vous restez ici et ne parlez de tout ceci à personne, vous m'entendez ? J'aviserai moi-même le frère infirmier et l'abbé de Jumièges.

Mabille hocha la tête et expliqua, tout d'une traite, comme si elle voulait en finir, où elle avait trouvé le corps de son amie.

19

Le jeune Roderic avait couru jusqu'au village déserté par ses habitants. Sur ordre du doyen du village, Drogtegand, tous les hommes et les femmes valides cherchaient la jeune Edel.

Il traversa la place et s'arrêta un instant pour reprendre son souffle. Il laissa tomber sa canne et plié en deux, les paumes appuyées sur les genoux, chercha sa respiration. Il allait se relever quand une voix sonore s'éleva derrière lui :

– Je t'ai enfin trouvé, maudit.

Roderic saisit sa canne et se retourna lentement. En face de lui se dressait Rurik le Danois. Le jeune palefrenier sursauta tant l'aspect du tueur de baleines avait changé.

L'escoffle souillée de terre, les cheveux en bataille, une lourde hache en main, l'homme avait la bouche tordue par la colère et son regard, d'ordinaire si lointain, étincelait férocement.

Instinctivement, Roderic recula d'un pas puis, serrant son bâton de marche à deux mains se campa, les jambes écartées face à Rurik.

– Que me veux-tu, le Danois, et que te prend de me parler ainsi ?

– Tu as touché mon épouse, ladre, tu as osé la toucher avec tes sales pattes.

– Que dis-tu ? Tu as trop bu, le Danois. Ton épouse ! Je ne savais pas même que tu étais marié et à qui donc, quel est son nom ?

– Edel, mon Edel ! hurla le Danois laissant tomber sa hache et fonçant, tête baissée, sur le petit palefrenier.

Les deux hommes roulèrent dans la poussière. En entendant le nom de sa promise, Roderic, dans un sursaut de colère, réussit à se dégager. Le souffle coupé, il assena, de ses deux poings noués, un grand coup sur la nuque de Rurik qui se relevait. Le Danois retomba à genoux en soufflant.

Des anciens qui traversaient la grand'place se récrièrent en voyant les deux hommes se battre. L'un d'eux, un vieil ami du portier, essaya bravement de s'interposer, posant ses mains dans un geste de paix sur les épaules du Danois. Rurik l'écarta avec fureur, se redressa et comme le vieillard revenait sur lui, l'envoya s'étaler d'un formidable coup de poing.

Voyant cela, les autres, oubliant leur infirmité, partirent en courant chercher de l'aide.

Profitant de la diversion créée par l'ancien, Roderic se jeta à nouveau sur le Danois, lui assenant un furieux coup de tête dans les côtes. Un coup comme celui-là aurait déséquilibré tout autre que Rurik, qui oscilla à peine avant de se camper face au jeune palefrenier.

Roderic avait vite compris qu'il n'aurait aucune chance dans un corps à corps. La stature et l'entraînement du chasseur de baleines en faisaient un adversaire redoutable. Les deux hommes, ramassés sur eux-mêmes, les jambes écartées, se tournaient autour en respirant bruyamment.

Bien qu'ayant l'avantage de la taille et du poids, le Danois s'énervait et soufflait de plus en plus fort. Le petit palefrenier esquivait ses coups, passant sous sa garde pour le frapper au bas-ventre.

Au bout de quelques minutes, les deux combattants s'écartèrent l'un de l'autre, les yeux pleins de haine.

Très pâle, Roderic tenait son nez d'où giclait le sang. Un vigoureux coup de tête du Danois le lui avait cassé. Rurik, quant à lui, avait l'œil droit mi-clos et l'arcade sourcilière enflée.

– Je te propose un combat à mort, grogna le Danois en repoussant le jeune homme qui avait saisi sa canne, pas une bagarre de gamins. Chez nous, le déshonneur se lave dans le sang. Tu as versé le sang de ma femme en la possédant, je verserai le tien en t'ouvrant la gorge !

– Déshonneur, gronda Roderic, furieux. Edel est ma promise et non ta femme et tu oses parler de déshonneur !

– Je l'ai pourtant épousée cette nuit, ton Edel, et avec son accord, répliqua le Danois.

– Tu mens ! gronda le jeune homme en s'étranglant de colère, tu mens, personne d'ici ne t'aurait marié à mon Edel.

– Si tu en sors vivant, tu questionneras le prêtre. Il te dira que Rurik ne ment pas. Quelle arme choisis-tu, palefrenier ?

Le jeune homme hésita. Il n'était guère habile au maniement des armes, mais d'imaginer son Edel dans les bras du Viking lui parut soudain insupportable !

Rurik devait mentir, il n'était pas possible qu'elle ait consenti à l'épouser. Et pourtant, il se souvenait de la fête et de la façon dont elle faisait les yeux doux à ce barbare !

Il s'écria d'un air farouche, le cœur empli de rage :

– La hache !

– J'accepte, dit le Danois. Tu as choisi une arme d'homme. Avant que l'un de nous deux ne périsse, avoue que tu as souillé ma femme ?

– Personne n'a jamais possédé Edel, espèce de ribaud, c'est ma promise. Elle est vierge et blanche comme la Lune. Tu n'as pas le droit de penser autrement. Je te ferai payer ces paroles-là et le reste !

La fougue du jeune homme fit hésiter le Danois. Il y avait trop de sincérité dans l'emportement du jeune homme.

– Tu ne l'as jamais touchée, tu le jures sur le Christ ?

C'en était trop pour Roderic qui, ramassant la canne qu'il avait jetée au sol, en assena un terrible coup au Danois qui, cette fois, n'eut pas le temps d'esquiver. Il secoua la tête comme si le bâton l'avait à peine effleuré et bondit sur le palefrenier qu'il saisit par la ceinture, le soulevant au-dessus de sa tête comme s'il s'agissait d'un enfançon.

– Repose-le, dit une voix grave.

Entouré d'une dizaine d'hommes armés de lances et de fourches, le doyen du village, le sage Drogtegand, se tenait à quelques pas des combattants.

Rurik hésita puis, lentement, posa à terre son adversaire. Roderic recula de quelques pas, faisant face lui aussi aux villageois.

– Laissez-nous, dit Rurik. C'est une affaire entre nous, un combat d'hommes.

– Que non, le Danois, tu es ici sur mes bornes et Roderic est dans mon droit, répliqua calmement le vieux Drogtegand.

– Sage Drogtegand, coupa Roderic, pour une fois, ce malquerant de Danois a raison, j'ai querelle à régler avec lui et n'ai besoin de rien d'autre que de l'aide de Dieu en ce combat.

– Eh bien, Roderic, si querelle il y a, c'est moi qui en déciderai et je rendrai jugement ainsi qu'il est coutume. Dieu nous approuvera certainement.

Le ton de Drogtegand était sans réplique, Roderic voulut protester mais un regard au visage décidé du vieillard suffit à le convaincre que cela ne servirait à rien.

Vêtu d'une longue cotte de drap écru, le doyen dominait les autres de sa haute taille. Nul ne connaissait son âge, mais on savait qu'il avait survécu à de nombreuses générations et qu'il connaissait les secrets du passé…

Pourtant, il possédait encore l'agilité de la jeunesse. Sa barbe et ses longs cheveux avaient la couleur du miel, son visage était boucané, ses yeux bridés semblaient toujours perdus au loin. D'aucuns disaient qu'il possédait les pouvoirs bénéfiques des anciens druides ; cela se savait jusqu'à Caudebec et même, disait-on, en la ville de Rouen. On ne comptait plus les malades qu'il avait guéris rien qu'en posant ses fortes mains sur eux. Drogtegand avait le don. Pour les villageois, être en contradiction avec lui était un sacrilège.

Drogtegand aurait pu devenir moine tant la sagesse et la foi guidaient ses gestes, mais il avait choisi de vivre parmi les hommes. La femme qu'il aimait était morte en couches et il ne s'était jamais remarié, se consacrant aux autres avec bonté. Les abbés eux-mêmes le consultaient quand ils avaient des problèmes avec les villageois, ou qu'ils ne savaient comment trancher les différends qui les opposaient aux seigneuries voisines.

– Suivez-moi, tous les deux, nous avons à parler, dit sévèrement le vieil homme.

Rurik hésita. Devait-il s'en aller ou obéir à ce patriarche qu'il respectait ?

Ce fut le destin qui en décida pour lui.

On entendit des cris en amont du village. Une petite troupe composée de moines et de forestiers portant un brancard, fit son entrée sur la grand'place. Les visages des hommes étaient tendus. Des larmes brillaient aux yeux des femmes qui s'étaient jointes au cortège. Très droit, Galeran marchait en tête.

Le vieux Drogtegand remarqua immédiatement l'expression sévère du chevalier, puis il porta son regard vers la litière sur laquelle reposait une petite forme humaine recouverte d'une couverture.

Roderic était devenu pâle comme un mort. Le Danois fixait lui aussi la litière, que les hommes déposèrent aux pieds de l'Ancien.

Le chevalier se dirigea vers le patriarche et s'arrêta à quelques pas de lui, le saluant d'une respectueuse inclinaison de tête. Sur la place, la foule devenait plus dense, des gens accouraient pour voir de quoi il retournait. Malgré les taloches que leur distribuaient généreusement leurs mères, des gamins curieux se glissaient au premier rang.

Tout le monde parlait en même temps.

Le doyen leva les mains.

– Paix, mes amis, dit-il d'une voix forte et comme par enchantement, le silence se fit sur la grand'place.

Ensuite, le vieillard se tourna vers Galeran et lui rendit son salut :

– Je suis le doyen du village, mon nom est Drogtegand, messire chevalier.

– Je me nomme Galeran de Lesneven et suis depuis peu l'hôte de l'abbé Eustache. J'ai trouvé le corps sans vie de cette jeune fille non loin de la léproserie. Le frère infirmier, ici présent, l'a identifiée comme étant la jeune Edel que recherchent les hommes de votre village.

Au nom d'Edel, un cri déchirant retentit. Roderic, écartant les gens qui se trouvaient sur son passage, se précipita vers la litière. Le chevalier l'empoigna au moment où il allait soulever la couverture qui recouvrait la frêle silhouette.

– Non, Roderic, pas maintenant !

La voix du chevalier était sèche. Drogtegand se tourna vers Galeran, lui demandant avec simplicité :

– Ne pensez-vous pas, messire, qu'il serait mieux de nous expliquer sous mon toit ? J'allais convier Roderic et le Danois à me suivre pour y régler leur différend. Mais où est-il passé, celui-là ?

Profitant du désordre et de l'inattention des paysans, Rurik avait disparu.

– Vous, vous et vous, cherchez-moi le Danois et ramenez-le vivant, ordonna l'ancien à trois robustes gaillards armés de lances. Suivez-moi, chevalier, je vous prie. Vous autres, prenez la litière. Roderic, viens avec nous, mon garçon.

20

L'ancien attendit que tout le monde se soit casé tant bien que mal dans la salle basse pour prendre la parole. Son regard distrait fit le tour des hommes qui composaient l'assemblée, car les femmes et les enfants étaient tenus à l'écart et restaient au-dehors.

L'air hagard, le jeune Roderic fixait la forme qui gisait sur la litière et la torture se lisait dans ses yeux injectés.

« Avec sa cotte pleine de poussière, son nez en sang et cette pâleur mortelle, même son propre père aurait du mal à le reconnaître », pensa Drogtegand avec tristesse.

Le chevalier était resté debout. L'ancien l'observa un instant, avant de se tourner vers le frère infirmier qui s'était laissé lourdement tomber sur un banc. Au centre du cercle des hommes, la litière était posée sur des tréteaux de fortune.

Sur ordre de Drogtegand, deux villageois armés se postèrent devant la porte restée grande ouverte. L'ancien ne tenait pas à être dérangé mais n'aurait jamais accepté de fermer sa demeure. Il disait qu'ainsi, même la nuit, il entendait le souffle des habitants du village.

Drogtegand alla s'asseoir sur un escabeau :

– Nous vous écoutons, messire chevalier. Mais tout

d'abord, une question. Avez-vous fait prévenir l'abbé Eustache ?

– Oui, le frère infirmier a envoyé un de ses novices lui dire que nous allions chez vous et qu'il serait bon qu'il se joigne à nous. J'aimerais néanmoins vous entretenir de plusieurs points avant sa venue.

– Je vous écoute.

– Tout d'abord, je voudrais que vous regardiez ceci, dit le chevalier en retirant lentement la couverture qui recouvrait le corps de la malheureuse Edel.

Les réactions furent très différentes. Le frère infirmier, qui avait déjà vu la dépouille, baissa instinctivement les yeux, tant le spectacle était difficile à supporter.

Roderic poussa un faible soupir avant de glisser sur le sol, inconscient. Aidé par Galeran, l'infirmier le porta sur la paillasse de Drogtegand.

Quant au patriarche, il s'approcha du cadavre mutilé et l'examina avec attention.

– Eh bien, dit-il au bout d'un long moment, je n'ai encore jamais vu chose pareille. On dirait qu'en bien peu de temps, le corps de cette pauvre enfant n'a pas été épargné par les bêtes de la forêt.

Drogtegand se tourna vers Galeran :

– J'ai ouï-dire, messire chevalier, par un des serviteurs de la maladrerie, que vous aviez de grandes connaissances, alors qu'en pensez-vous ?

Galeran réfléchissait, les yeux fixés sur la dépouille, puis finit par déclarer posément :

– Il faudrait faire la distinction entre les dégâts causés par les rapaces et les charognards et ce qui a réellement provoqué la mort de cette enfant.

Dans la salle s'élevèrent aussitôt des protestations. Le patriarche étendit une main apaisante et réclama une fois de plus le silence :

– Si j'ai bien compris, messire, vous prétendez qu'il ne s'agit pas là d'un simple accident ? demanda-t-il.

– C'est ce que j'affirme, dit Galeran avec force. Ceci est un meurtre !

Il n'y eut pas, cette fois, à calmer l'assemblée, tous semblaient en état de stupeur.

– Aucun prédateur, continua le chevalier, même un fauve enragé, ne serait, à mon avis, capable de causer les dommages que nous voyons ici. Aucun ne pourrait ouvrir une poitrine aussi nettement et, dirait-on, d'un seul coup tranchant, ni enlever les organes vitaux avec autant de précision !

– J'ai observé cela aussi, dit Drogtegand d'un ton égal. D'ailleurs en plein été, les loups ne s'en prennent pas à l'homme, alors qu'il y a tant de gibier à dévorer.

L'ancien recouvrit Edel, fit au-dessus du corps un large signe de croix puis retourna s'asseoir en marmonnant :

– C'est donc à un fauve humain que nous avons affaire…

Le chevalier s'approcha de lui :

– Qu'est-ce que le loup vert ? demanda-t-il brusquement.

Le patriarche le regarda, interdit :

– Oh ! Vous avez entendu parler de ça ! Une légende pour les enfançons, rien de plus, et aussi une occasion pour les hommes d'ici de faire la fête à la Saint-Jean.

– Je vous écoute, Drogtegand.

– Eh bien vraisemblablement, cette coutume remonte à fort longtemps. Les loups ont toujours été abondants en Terre Gémétique. Saint Philibert, le fondateur de l'abbaye, et sainte Austreberthe ont, chacun à leur façon, su les apprivoiser. C'est de là qu'est venue cette légende. Depuis, on dit que les loups ont fait allégeance à l'abbaye et n'ont plus tué pour se nourrir.

– Pourquoi un loup vert ?

– Je ne sais, sans doute parce que cette couleur est synonyme de malheur.

– Le vert ne symbolise-t-il pas le destin bien plus que le malheur ? demanda Galeran. Comme sur le pré vert de l'ordalie, c'est sur cette couleur que se dévoile le visage du bien ou celui du mal.

– Vous avez peut-être raison, chevalier, je n'avais pas pensé au vert de cette façon, dit l'ancien en hochant la tête avec lenteur.

– Vous disiez que c'était une fable pour les enfants ?

– Oui, une comptine, ne serait-ce qu'au moment du brouet, quand on ne veut l'avaler. « Mange, sinon le loup vert te mangera ! » Il n'y a pas d'ogre, ni de dragon ici mais il y a le loup vert !

Le grand vieillard marqua un temps avant de poursuivre. Galeran ne le quittait pas des yeux.

– Vous savez que la Saint-Jean se trouve au moment du solstice d'été. C'est un moment important pour les hommes, il annonce les récoltes et les derniers grands travaux avant l'hiver. Nos villageois aiment à fêter le loup vert en cette occasion, ce loup apprivoisé par saint Philibert lui-même. Lors de ces réjouissances, ils choisiront donc un homme pour le représenter.

– Un homme ?

– Oui, chaque année, les villageois désignent un nouveau loup vert. Celui-ci, paysan comme eux, sera délivré de son rôle au nouveau solstice d'été. On n'a jamais vu deux fois le même loup, paraît-il.

– Les loups ont un costume particulier ?

– Que oui, ils sont vêtus d'une houppelande verte, le chef caché par une capuche surmontée d'une tête de loup empaillé. Ce vêtement passe de loup en loup depuis bien longtemps et fait peur aux enfants. Le loup est toujours un habitant du hameau où l'abbaye détient ses vignes, le Conihout.

– Tiens et pourquoi donc ?

– J'avoue que je ne sais, messire.

– Et comment se passe cette étrange élection ?

– Étrange est le mot. En procession, au son des crécelles, les villageois menés par l'ancien loup se rendent tout d'abord à l'abbaye pour y recevoir la bénédiction du révérend et entendre la messe. Ensuite, la procession s'en va vers la clairière du loup. Ils y font un grand feu autour duquel ils commencent à mener une ronde.

– *Marchons, joli cœur, la lune est levée*, murmura Galeran en répétant les paroles de Mabille.

– C'est cela, ce sont les paroles de la ronde de la Saint-Jean. Les paysans la chantent autour du feu et c'est à ce moment que l'on choisit le nouveau loup vert.

L'ancien paraissait revivre l'étrange coutume. Il avait la respiration sifflante quand il reprit son récit :

– Alors que les flammes lèchent le ciel, l'ancien loup et le dernier homme de la farandole doivent saisir l'élu par trois fois. Les autres resserrent le cercle, mais ne peuvent porter la main sur lui. On lui lance un gourdin afin qu'il se défende. Et il se défend comme un beau diable, tapant, ruant, essayant de fuir la farandole qui l'encercle. Des hommes s'écroulent, le visage en sang, le crâne abîmé. Ils sont remplacés par d'autres. La ronde se disloque puis se reconstitue et enfin, c'est la curée. On le saisit et on le porte pour le jeter dans le bûcher… mais ce n'est qu'un jeu et la fête continuera quatre jours durant.

– Eh bien, dit le chevalier, voilà un amusement viril ! Qui donc a été élu, il y a trois mois ?

– Le jeune Jendeus, et cela ne lui a guère porté bonheur. Il a eu un accident peu de temps après et depuis il est soigné à l'abbaye. On le dit mourant.

– Quel sorte d'accident ? demanda Galeran, visiblement intéressé.

– Je ne l'ai su. L'abbé l'a fait mettre à l'écart tout de suite et même sa famille n'a pu le visiter. Il vous faudra lui demander.

– Grand merci pour vos paroles, Drogtegand. Elles m'ont éclairé. Pourtant cela ne nous dit pas ce qui est vraiment arrivé à la pauvre Edel. Et l'abbé qui ne vient toujours pas...

Un gémissement leur fit tourner la tête, Roderic revenait à lui. Il essaya de se redresser et finit par s'asseoir sur un des bancs.

Bien que très pâle encore, il articula péniblement :

– Nous devons retrouver Rurik.

– Oui mon garçon, dit posément l'ancien, mais étant donné ce qui vient de se passer, votre différend peut attendre, il me semble.

– Notre différend comme vous dites, Drogtegand, repose là sur cette litière. C'est mon Edel que ce sauvage a massacrée ! rétorqua Roderic d'une voix aiguë.

Galeran s'approcha du jeune homme et lui posa la main sur l'épaule :

– Expliquez-vous, Roderic.

– Il me cherchait pour me tuer. Cette brute osait dire que mon Edel était sa femme et que…

– Et que ? insista le chevalier.

– Et qu'elle n'était plus vierge, murmura le jeune homme. Il a osé dire que je l'avais souillée, moi, son promis ! C'est lui qui l'a tuée. Il a dit que dans son pays, un tel affront se lavait dans le sang. Et Edel, regardez dans quel état il l'a mise ! gémit le jeune homme en se prenant la tête entre les mains.

– Que se passe-t-il ici ?

L'abbé, suivi du prieur et de frère Odon, venait d'entrer dans la chaumière. Après un bref coup d'œil circulaire, il se dirigea vers la litière.

– Vous m'avez fait mander Drogtegand et vous messire chevalier ? Qui est donc mort ? dit-il en soulevant le tissu avant que le chevalier ait pu prévenir son geste.

Eustache avait pâli et s'était reculé de quelques pas en se signant. Le prieur avait regardé sans ciller puis était sorti précipitamment, le buste penché en avant. Les hommes l'entendirent vomir près de la porte.

– Qui a fait ça ? marmonna Eustache en montrant le corps de la pauvre Edel.

– Un loup animal ou humain, répondit le chevalier avec gravité.

– Vous voulez dire qu'un homme, une créature de Dieu aurait pu faire ça ? dit l'abbé. Mais cette fille a été dévorée !

– Le monde est vaste et divers, intervint frère Odon. Tout comme moi, messire abbé, vous n'auriez pas de raison d'être si les créatures de Dieu restaient toutes toujours tranquilles dans Son giron.

– Et si c'était un *gare lou* ? demanda le prieur qui

venait de rentrer à nouveau dans la chaumière, sa robe de bure souillée de longues traînées jaunâtres. Un maudit que la bête a marqué.

L'abbé pâlit et alla s'asseoir à l'autre bout de la pièce, il semblait vieilli et fatigué. Drogtegand, voyant cela, proposa avec bon sens de lever la séance et de se séparer.

– Oui, dit Eustache, soulagé. Il me faut rentrer en l'abbaye. Faites mener cette pauvre enfant, une fois lavée et préparée, en l'église Notre-Dame. Nous dirons une messe pour le repos de son âme avant de la porter en terre. Demandez aux moinesses du village de s'occuper d'elle.

– Il en sera fait comme vous le désirez, mon père, acquiesça Drogtegand qui donna aussitôt ses ordres.

La crécelle des morts retentit aussitôt dans le village, bientôt relayée par le glas des deux églises de la grande abbaye.

Quand les hommes sortirent de la chaumière, ils virent que les rayons du soleil s'étaient teintés de rouge et que de lourds nuages accouraient de la mer. Un vent chargé de poussières et de brindilles balayait les ruelles entre les maisons.

La foule inquiète se dispersait en parlant à mi-voix et Drogtegand ordonna aux derniers badauds de rentrer chez eux. Le conseil des anciens se réunirait plus tard dans la soirée après l'office funèbre, leur dit-il.

Le chevalier proposa à frère Odon de l'accompagner à la léproserie. Il avait promis à Mabille de la ramener au village et il se demandait maintenant s'il ne fallait pas mieux la laisser à l'abri chez les religieux de la maladrerie.

Toute cette affaire l'inquiétait. Rurik le Danois était

en fuite, la relique et le sceau avaient disparu, il y avait déjà eu deux morts violentes en plus de celles des malheureux pêcheurs et quelque part, un homme capable d'arracher le cœur d'une femme errait en liberté...

Avec un profond soupir, le chevalier leva les yeux vers les hauts murs de l'abbaye.

– *De omnibus dubitandum est* ! dit une voix douce et un peu moqueuse. Il faut douter de tout, Galeran, c'est vous qui me l'avez appris !

Le regard du chevalier croisa celui de frère Odon qui cheminait à côté de lui. Et brusquement, comme en réponse à la terrible tension qui pesait sur eux, les deux hommes éclatèrent de rire.

Troisième partie

« Ne me craignez pas,
moi qui ai suspendu la terre dans le néant,
car elle est fondée sur sa stabilité. »

Écritures, *Psaume CIII, 5.*

21

Le chevalier referma la porte de sa cellule et accrocha son pluvial au clou. Après un bref regard autour de lui, il s'assit sur sa paillasse et sortant de son aumônière le parchemin donné par Odon, déchiffra à la lueur de la veilleuse l'écriture fine de l'évêque de Lisieux.

D'après les dires d'Arnulphe, cela faisait bientôt un an, que des *circatores*, les « curieux », sortes de moines espions, lui envoyaient des rapports alarmants sur Jumièges. L'un d'eux, qu'il ne pouvait nommer, et qui avait décidé Arnulphe à agir, lui annoncait une transaction en cours concernant la vente d'une relique, vente soi-disant effectuée par l'abbé lui-même !

Après l'avoir lu, Galeran approcha le parchemin de la flamme et veilla à ce qu'il se consume entièrement. Il se mit debout d'un coup de rein et alla à la fenêtre. Dehors, la nuit était opaque, impénétrable. Il dispersa au vent les quelques cendres qui restaient puis retourna à sa paillasse et s'y étendit tout habillé.

Les yeux fixés sur les ombres qui dansaient sur les poutres du plafond, il essaya de se rappeler les moindres détails de cette rude journée.

D'abord Mabille... Comme il le lui avait promis lors de sa première visite, il était revenu à la maladrerie en compagnie de frère Odon. Là, une mauvaise surprise attendait les deux hommes.

Ils trouvèrent la petite assise sur sa couche, le dos au mur, ses bras frêles serrant ses genoux repliés contre sa poitrine. Les yeux hagards, elle marmonnait quelque chose comme si elle dormait, puis semblant se réveiller, se mettait à pousser des cris aigus à vous glacer les sangs. Quand on lui adressait la parole, elle retombait aussitôt dans son état de prostration. Galeran ne savait que penser, il fit un bref signe de tête à Odon et les deux hommes quittèrent la chambre, laissant Mabille à son délire et aux soins des braves moines.

Ému par son état, l'abbé Eustache, qui l'était venu voir en début d'après-midi avec quelques-uns de ses officiers, avait en effet donné l'ordre qu'elle soit hébergée à la maladrerie jusqu'à sa guérison. Il avait aussi demandé à une pieuse veuve, qui vivait retirée dans un ermitage non loin de là, de veiller la petite.

Sur les indications du portier de la maladrerie, Galeran et son compagnon s'étaient ensuite rendus à la chaumière du jeune Danois. Comme le chevalier s'y attendait, l'antre de Rurik était vide. L'homme était bel et bien en fuite.

Ils avaient donc fouillé de fond en comble l'unique pièce. L'état de la couche avec son matelas éventré et ses couvertures arrachées faisait davantage songer à une lutte acharnée qu'à l'ardeur d'ébats amoureux. Le chevalier se souvint des propos du jeune Roderic.

Le Danois n'avait-il pas accusé publiquement Edel de l'avoir trompé et de ne plus être pucelle ? Les explications entre les deux jeunes amants avaient dû être tumultueuses et Galeran se rappela les ecchymoses caractéristiques qui marquaient les joues de la petite morte… Était-ce le Danois qui avait infligé cette correction à l'infidèle et s'était-elle enfuie, terrorisée ?

Sous le lit, Galeran avait retrouvé l'un des rubans cerise que Edel avait noué dans ses cheveux le soir de la fête.

« La jolie Edel qui rêvait du lointain Orient depuis qu'elle avait séduit son jeune dieu nordique. Peut-être, comme tant de Normands, prétendait-il rejoindre Roger II de Sicile et conquérir quelque fief au-delà de la Méditerranée », songeait le chevalier, en contemplant avec tristesse le petit ruban rouge, souillé de poussière… « Edel la bondissante, Edel qui se croyait sans doute immortelle, simplement parce qu'elle aimait la vie… et qu'elle n'avait pas encore vingt ans ! »

Les lèvres serrées, le chevalier avait poursuivi ses minutieuses recherches et dû se rendre à l'évidence. Il n'y avait dans la maison aucune trace de sang et, de plus, il imaginait mal le Danois traînant la jeune fille dehors pour la fendre en deux en pleine forêt. Non, cet homme-là aurait pu la tuer d'un coup de poing ou même l'étrangler, mais non la torturer ainsi et lui arracher le cœur.

Mais pourquoi avait-il refusé de s'expliquer et avait-il disparu ? Que savait-il au juste ou bien se sentait-il lui aussi menacé ?

Les blessures infligées à la jeune morte avaient alerté le chevalier, à croire que la malheureuse avait été victime d'un horrible rituel. Mais là encore, il songeait au caractère d'Edel. Qu'on le veuille ou non, elle avait été une fille éhontée qui avait le goût du mensonge et du secret, une fille arrogante. Avait-elle sans pitié détruit le cœur d'un homme ou blessé sa vanité – celui-ci avait-il voulu consommer sa vengeance de monstrueuse façon ? Car il ne fallait pas oublier la présence des autres hommes dans cette affaire.

Roderic, bien sûr, le promis trompé mais les autres aussi, tous les autres encore inconnus. Celui qui l'avait dépucelée et dont elle avait dû se cacher pour épouser secrètement le jeune Danois. Et puis, il y avait ce sacristain qui la couvait des yeux pendant la danse, et tous ces mâles qu'elle avait dû échauffer sans rien leur donner… Ils étaient nombreux ceux que les provocations d'Edel auraient pu conduire au meurtre, très nombreux, trop nombreux !

En faisant le tour du potager abandonné aux herbes folles, frère Odon avait trouvé d'étranges traces le long du mur de la chaumière. Les empreintes profondes de genoux et de mains dans la terre meuble, devant l'unique fenêtre, comme si quelqu'un s'était tenu là un long moment à quatre pattes. Quelqu'un qui avait peut-être épié les deux amants à leur insu…

Le cou endolori, le jeune homme se tourna vers le mur de sa cellule, cherchant une meilleure position pour s'endormir. Le piaulement d'une chouette hulotte le fit sursauter et le sommeil ne venant toujours pas, les images de cette terrible journée se remirent à défiler.

Maintenant, il revoyait celles, plus anciennes, de la petite clairière que la pauvre Mabille lui avait décrite dans un moment de lucidité… les corbeaux abandonnant leur festin avec des cris de colère, la découverte du corps mutilé derrière les buissons touffus. Autour, il n'avait trouvé aucune empreinte, mais plutôt une herbe qui était comme brûlée, comme si une harde de chevreuils s'y était bousculée.

Le silence qui entourait la scène lui avait paru presque surnaturel. Un instant, il avait même cru entendre une sorte de ricanement étouffé qui venait des taillis et il s'était rendu compte que les hommes qui l'accompagnaient avaient eux aussi les nerfs à vif.

Pour comble de malheur, l'un d'eux, attiré par l'odeur, avait déniché non loin de là la dépouille d'un grand bouc en train de pourrir. Cette macabre découverte avait mis le paysan dans tous ses états et les autres avaient déclaré en grinçant des dents qu'il était temps de partir. Il y avait sûrement du maléfice là-dessous !

Le chevalier avait dû lui-même déposer le corps d'Edel sur un brancard de fortune, car les hommes le regardaient avec horreur et ne voulaient pas s'en approcher. Enfin, la petite troupe inquiète avait pris le chemin du village.

Tout en marchant, le chevalier était assailli par la même pensée lancinante : qui avait osé faire ça ?

Pourquoi pas, après tout, un tueur de passage, l'un de ceux qui voyagent seuls et que l'on croise par malheur, un jour, au coin d'un bois ! Un dément, un enragé, un *gare lou* avait dit le prieur et cela rappelait au chevalier la silhouette torte qu'il avait aperçue le premier soir, quand il rentrait de la fête.

D'une certaine façon, le prieur Angilbert avait peut-être raison, ce criminel-là était plus près de la bête que de l'homme !

Galeran se souvint d'une histoire que lui avait contée Gilduin, son père, quelques années auparavant.

Un de leurs paysans, un brave homme que tout le monde aimait, avait été mordu par son chien. L'animal s'était enfui et le paysan avait en vain essayé de le retrouver.

D'après l'un de ses amis, la blessure avait un vilain aspect et le faisait terriblement souffrir. Quelques jours plus tard, l'homme était au plus mal. Il s'était mis à baver, grinçait des dents d'une façon horrible et grognait comme un animal. Effrayés, les villageois avaient voulu s'en saisir pour le garrotter, mais l'homme, comme possédé par une force surhumaine, s'était ensauvé après avoir mis à mal trois de ses assaillants. Le matin suivant, les paysans avaient trouvé deux vaches proprement éventrées dans les champs. Furieux, ils s'étaient armés de haches et de fourches et lancés à la poursuite de l'enragé.

Gilduin de Lesneven était arrivé trop tard pour le sauver. Les villageois, effrayés par sa métamorphose, l'avaient mis à mort comme une bête sauvage, le clouant sur la porte de sa ferme à coups de fourche... Mais déjà plusieurs d'entre eux, atteints du même délire meurtrier, s'étaient enfuis à leur tour.

Le chevalier se retourna sur sa litière, donnant un coup de poing sur son oreiller de crin. Les paupières alourdies, il se dressa soudain sur sa couche, croyant avoir entendu un craquement derrière sa porte.

Mais non, il n'y avait rien. Son sommeil tourmenté s'était toujours mal accordé avec ses séjours dans les monastères. En général, les cloches, les chants, et le cheminement des moines dans les couloirs le maintenaient éveillé jusqu'à l'aube. Il faut dire que dès la mi-nuit, les carillons se mettaient en branle pour l'office de vigiles puis les religieux se recouchaient jusqu'à matines, l'heure « douteuse » du crépuscule et enfin, après un bref sommeil, se relevaient avec le soleil, pour prime. Difficile dans ces conditions de trouver le sommeil.

Non sans émotion, Galeran se rappela les paroles de son ami l'abbé Huon à qui il avait demandé pourquoi tant d'offices de nuit : « Il est vrai que nous choisissons les heures sombres, mon ami. Mais il faut bien que quelqu'un veille sur le monde pendant que les hommes dorment. C'est notre rôle. À ces heures-là, nos prières s'étendent sur vous comme un bouclier. »

Ces paroles étaient restées gravées dans l'esprit du jeune homme. Il aimait dorénavant, quand le sort lui était contraire, imaginer ce bouclier de prières protégeant ses nuits.

Par un étrange cheminement de pensée, il se souvint de son serment de chevalier. De ce moment, il avait quinze ans alors, où devant ses pairs, il avait juré sur son épée :

« Père tout puissant… toi qui as permis, sur terre, l'emploi du glaive pour réprimer la malice des méchants et défendre la justice, qui pour la protection du peuple as voulu instituer l'ordre de chevalerie… fais, en disposant mon cœur au bien, que ton serviteur n'use jamais de ce glaive ou d'un autre pour léser injustement personne, mais qu'il s'en serve toujours pour défendre le Juste et le Droit. »

Tout en se retournant à nouveau sur sa couche, il se dit que l'évêque lui avait confié une bien vilaine affaire. Enfin, la fatigue prenant le dessus, il sombra dans le sommeil.

22

Galeran se réveilla en sursaut. Il lui semblait avoir entendu crier. Il s'assit sur sa couche et essuya son front en sueur.

Ce n'était pas un rêve, il avait bien entendu un hurlement et puis le silence était retombé. Il ne percevait plus maintenant qu'une sorte de murmure lointain et cela pouvait tout aussi bien être le bruit du vent qui soufflait en rafales dans les grands arbres.

Le chevalier se leva et, poussant son volet, regarda par l'étroite fenêtre qui donnait sur les jardins de l'abbaye. L'aube n'était pas encore levée et seules se détachaient dans l'obscurité les silhouettes blanches des pommiers passés à la chaux.

Un léger bruit de pas le fit se retourner. Cela venait du couloir. N'hésitant plus, il se saisit de son poignard et ouvrit sans bruit la porte de sa cellule.

Les torches murales étaient éteintes, laissant le corridor dans la pénombre. Rien ne bougeait. Glissant son arme dans sa ceinture, le chevalier tira doucement le battant et posa sa paume sur le mur pour se guider. Il continuait d'entendre un vague murmure. Cela n'était pas le vent, mais bel et bien des voix étouffées qui semblaient venir de l'infirmerie.

Une faible lumière filtrait sous la porte. Le chevalier entendit un râle de douleur accompagné d'un bruit de meubles renversés puis de sourds gémissements, comme la plainte d'un animal blessé.

Juste au moment où Galeran allait poser la main sur le loquet, la porte s'entrouvrit, laissant passer le père hôtelier, le visage inquiet. Le grand moine sursauta en apercevant dans l'ombre la silhouette du jeune homme et leva bien haut sa lanterne.

– Qui va là ? Oh, c'est vous, chevalier, vous m'avez fait peur, s'exclama le père Baudri en tirant prestement le battant derrière lui. Que faites-vous ainsi dans le noir ?

– Il m'avait semblé entendre crier, mon père, répondit le chevalier. Je voulais savoir de quoi il retournait et si je pouvais vous être de quelque secours.

– Vous avez bien entendu, mon fils. C'est un malheureux en crise que nous avons mené à l'infirmerie. Rien de bien grave, retournez donc vous coucher. Le père infirmier et le sacristain s'occupent de lui. Notre abbé lui-même est venu pour l'assister.

– Qu'a donc ce pauvre homme, c'est l'un de vos religieux ou un pèlerin ? demanda le jeune homme. Croyez que si je peux vous aider…

– Ah, ça, non ! rétorqua brusquement le père en posant d'autorité sa lourde main sur l'épaule du chevalier. Mieux vaut retourner vous coucher, messire. Quant à savoir ce qu'il a, je ne suis qu'hôtelier et non mire. Et c'est mieux ainsi. Je vais vous éclairer jusqu'à votre cellule.

Le chevalier, sentant qu'il serait malvenu d'insister, remercia le père hôtelier et refit en sa compagnie le chemin en sens inverse jusqu'à sa porte.

23

Dans l'infirmerie, le silence s'était fait, les moines attendaient.

– Ils sont partis. Mon révérend, pouvons-nous

procéder ? murmura le frère infirmier, mal à l'aise.

L'abbé Eustache, très pâle, se tourna vers lui. Ses mains tremblaient un peu quand il répondit d'une voix sourde :

– Allons-y, mon frère, nous n'avons que trop tardé.

– Regardez, il est plus calme maintenant, remarqua le moine en se dirigeant vers le fond de l'infirmerie où la faible lueur d'une chandelle dévoilait deux silhouettes étroitement soudées.

Juste vêtu d'une chainse déchirée, un solide gaillard, fermement maintenu par le sacristain, les fixait, l'air égaré.

Évitant le moindre geste brusque, l'infirmier s'approcha lentement. Le jeune homme, roulant des yeux terrifiés, essaya de reculer. Il grinçait des dents et écumait comme s'il était atteint du haut mal.

– Du calme, Jendeus, du calme, nous ne te voulons pas de mal. Nous voulons te guérir, tu entends, disait le frère infirmier.

L'homme ne semblait pas comprendre. Sa bouche s'arrondissait comme pour un mot et un grondement sourd, tel celui d'une bête, en sortait.

– Tenez-le bien, frère Gachelin. Mon révérend, venez je vous prie, je voudrais vous montrer quelque chose.

L'abbé hocha la tête et vint se placer aux côtés de l'infirmier.

– Tenez, regardez, murmura ce dernier en saisissant fermement le poignet de Jendeus.

Une vilaine blessure aux lèvres suintantes de pus entaillait le dos de la main et les doigts du malheureux qui étaient enflés et noirs.

– Voyez, révérend, c'est là où le renard l'a mordu. L'humeur maligne est toujours là. Et ceci, regardez.

Retournant la main blessée, le moine montra une marque de brûlure imprimée dans la chair à la base du pouce. La marque était étrange, elle avait la forme d'une clé…

– Son frère lui a appliqué le fer de Saint-Hubert ici. Mais il ne savait y faire, soit le fer n'était pas assez chaud soit la clé n'a pas été jusqu'au sang. Il a bien eu quelque répit mais…

– … le mal est resté, souffla l'abbé. Le sang noir l'a envahi. Que n'ai-je pris plus tôt la décision de le tailler plutôt que de le laisser à l'hôtellerie, pensant qu'il suffisait d'attendre une rémission du mal.

– Que voulez-vous dire, révérend ?

– Je pense à cette pauvre pucelle et je me dis…

– Vous croyez que Jendeus aurait pu la tuer ? s'exclama l'infirmier. C'est impossible, il était à l'hôtellerie et nous l'avions lié sur sa couche, vous le savez bien.

– Oh, je ne sais, je ne sais, mon frère. Mais voyez-vous autre explication aux terribles blessures de cette malheureuse ? Même notre prieur a prononcé le nom de *gare lou* en voyant son cadavre… sans compter ces histoires de loup vert !

– Si vous permettez, révérend, interrompit le sacristain.

– Quoi ?

– Je ne crois pas que ce pauvre diable soit coupable. Le voyez-vous, en admettant qu'il ait commis ce crime, revenir tranquillement se coucher ici ? Il aurait disparu et serait retourné dans la forêt lointaine parmi ses frères loups.

L'abbé ne répondit pas, il n'arrivait pas à maîtriser le léger tremblement de ses mains. Après un long moment, il déclara :

– Votre observation me paraît juste, frère Gachelin, cependant… je ne vois pas d'autre coupable possible que ce pauvre Jendeus.

Le révérend respira profondément puis continua, en martelant chaque syllabe :

– Je n'en veux voir aucun autre… car il est le seul qui soit excusable !

Les deux moines hochèrent la tête. Jendeus, immobile, les regardait, une mousse blanchâtre sur les lèvres.

– Allons-y, mes frères, déclara le révérend, nous n'avons que trop attendu. Que Dieu nous assiste et que saint Hubert nous guide en chacun de nos gestes.

– Mon révérend, je vais avoir besoin de votre aide, vous glisserez le fil de l'étole sainte dans son front. Frère Gachelin, asseyez-le sur cet escabeau et tenez-le fermement.

L'infirmier alla à un coffret de cuir, qu'il ouvrit y saisissant un objet enveloppé dans un linge. Il revint vers eux, déroulant le tissu qui protégeait la lame effilée d'un poignard.

– Mon révérend, vous avez le saint fil blanc ?

– Oui, mon frère, répondit l'abbé.

Puis plus bas :

– Je suis prêt.

– Moi aussi, dit Gachelin.

L'infirmier poussa un profond soupir et s'approcha de Jendeus. Celui-ci ne semblait pas avoir vu l'arme.

Le moine lui saisit la peau du front qu'il tendit avant de lui inciser la chair, y dessinant une croix d'où jaillit un sang écarlate. Jendeus hurla, essayant de se libérer de l'étreinte du sacristain.

Malgré ses cris, l'abbé se pencha vers lui, glissant dans la plaie le mince fil blanc provenant de l'étole de saint Hubert et fit le signe de croix.

L'infirmier relâcha lentement la peau du front qui se referma sur la parcelle d'étoffe sacrée.

Jendeus gémissait, se balançant d'avant en arrière, le visage couvert de sang.

– L'humeur maligne s'en va, mon père, dit l'infirmier.

– Que Dieu et le saint d'Andage vous entendent, mon fils, répondit le révérend en se signant. Gardez-le en cette salle, ainsi qu'il est coutume pendant une neuvaine. Je le reverrai quand il sera « élu » et l'entendrai en confession à ce moment. D'ici là, je vous le confie, mon frère, à l'exclusion de toute autre tâche.

– Bien, mon révérend. Il en sera fait comme vous l'ordonnez.

L'abbé salua d'un bref signe de tête le sacristain et, après un dernier regard à Jendeus, sortit de la pièce.

L'infirmier saisit un linge qu'il trempa dans une bassine emplie d'eau claire et nettoya soigneusement la plaie rougie, avant de nouer autour du front du malheureux un bandeau de toile de lin blanc.

Jendeus était « taillé », son sang véhiculerait dorénavant le souffle céleste qui ferait refluer le sang noir de la bête. Ses paupières étaient closes et son corps semblait peu à peu se détendre.

24

Ce matin-là, le sage Drogtegand se réveilla, le cœur empli de bile.

Pour la première fois depuis la mort de l'abbé Guillaume en 1142, la réunion du conseil des anciens, qui s'était tenue la veille au soir, s'était déroulée dans une atmosphère houleuse. En vérité, ni les cinq sages ni Drogtegand n'avaient réussi à faire entendre raison aux villageois en fureur.

L'ancien sortit de sa chaumière et, tirant sur sa longue cotte, s'assit sur un billot de bois devant sa porte, regardant autour de lui avec amertume.

Des poules picoraient entre les maisons. Des mouettes tournoyaient en silence au-dessus de l'abbaye. Le village était étonnamment calme, d'autant que dans deux nuits de là sévirait la grande tempête d'équinoxe, avec son cortège de destructions.

Drogtegand plissa ses yeux bridés. Un petit groupe de pèlerins, en longues capes brunes, montait vers l'abbaye par le chemin blanc. La procession de saint Philibert, qui devait avoir lieu le lendemain avant l'office de tierce, amenait déjà des visiteurs sur la presqu'île.

Armée d'un balai de joncs aux rameaux usés, sa voisine, une accorte villageoise, poussait devant elle la feuillée de la veille. Les cheveux bruns bouclés comme ceux de leur mère, ses deux fillettes jouaient sur la placette, entassant avec gravité des morceaux de bois et des petits cailloux. Sentant le regard de Drogtegand fixé sur elle, la jeune femme le salua sèchement puis détourna la tête et rentra vivement dans sa maison.

Ce matin-là, comme des enfants pris en faute par leur père, les villageois évitaient le vieux sage.

L'air farouche, Drogtegand tressa machinalement sa longue barbe à la mode carolingienne. Ainsi natté, il saisit son bâton de patriarche et, pour la première fois depuis bien longtemps, se leva avec peine. Il y avait des jours comme celui-là où il sentait peser sur lui le poids des ans.

Pourtant, songea-t-il, la séance de la veille avait plutôt bien commencé. Armés de leurs longs bâtons de coudrier, les anciens s'étaient installés au milieu du village sur une estrade improvisée qui dominait l'assemblée. Villageois et villageoises s'étaient réunis tout autour en une foule compacte.

Drogtegand avait frappé le sol de son bâton et l'assemblée avait fait silence. La mort atroce d'Edel avait frappé les esprits, semant la terreur parmi ces gens simples. Ils voulaient aussi savoir pourquoi on s'en était pris à Mabille. Et Edel, était-elle bien morte ainsi qu'on le disait, tuée par un *gare lou* ?

Le mystère attaché à la fin tragique de la jeune fille donnait lieu à des explications plus ou moins liées au surnaturel et l'on parlait à mi-voix de la carcasse du grand bouc trouvée dans la forêt non loin du corps d'Edel.

Pour calmer son monde, un des anciens avait pris la parole, annonçant que l'état de santé de la jeune Mabille s'améliorait et que, d'ici quelques jours, elle reviendrait au village. Ses parents, de pauvres paysans qui chérissaient leur unique fille, s'étaient signés, les larmes aux yeux. Le visage fermé, Landric le forgeron, un de leurs cousins par alliance, se tenait à leurs côtés, la petite main du cadet d'Edel dans la sienne.

Mais peu à peu, l'assistance s'échauffait et des questions fusaient de toutes parts.

Le patriarche se leva et s'avança au milieu de l'estrade :

– Silence, vous tous, ordonna-t-il encore une fois en promenant un regard sévère sur l'assemblée.

Accoté à un grand chêne, Roderic se tenait à l'écart. Depuis la mort d'Edel, le jeune palefrenier était méconnaissable, comme si la disparition de sa promise l'avait vidé de toute substance. Il était livide et de grands cernes marquaient ses yeux où vacillait une flamme inquiétante. Des mèches blanches étaient apparues dans ses cheveux noirs, lui donnant presque l'air d'un vieillard. Derrière lui, son père, le vieux Tancard, lui murmurait des paroles de réconfort qu'il ne paraissait pas même entendre.

Un peu plus loin, Drogtegand avait remarqué la silhouette altière du jeune chevalier, accompagné du drôle de petit moine à la barbe rousse.

Le silence revenu, le patriarche, tout en évitant de donner des détails, tenta d'expliquer la disparition d'Edel puis la découverte de sa dépouille.

Mais tout se gâta quand un des hommes du village revint avec le vieux prêtre de la paroisse. Le conseil voulait l'interroger afin de savoir si le Danois avait bien dit la vérité au sujet de son mariage avec la victime.

– Asseyez-vous, mon père, dit l'ancien en montrant un banc au vieux religieux.

– Cela n'est point nécessaire, mon frère, je tiens encore, Dieu en soit remercié, sur mes jambes, rétorqua le prêtre en croisant nerveusement les bras et en faisant face à l'auditoire. Je vous écoute.

– Nous vous avons fait venir devant le conseil des

sages afin de savoir si vous avez célébré un mariage sans que nous en soyons informés.

Le vieil homme rougit légèrement, hésitant à répondre. Le sentant, Drogtegand l'encouragea avec douceur :

– Parlez mon père, il ne s'agit pas là de juger quiconque, nous savons n'avoir rien à vous reprocher.

Levant les yeux, le prêtre se mit à parler très vite :

– Je ne pouvais faire autrement, Drogtegand, mais il est vrai que j'ai marié hier, lundi, après la fête, en secret…

Un grondement s'éleva de la foule. Roderic, qui se tenait non loin du vieil ecclésiastique, serra les poings à s'en faire blanchir les jointures.

– Continuez, mon père, dit calmement Drogtegand. Vous avez notre confiance. Si vous avez béni une telle union, contraire aux règles de notre communauté, vous devez pouvoir nous expliquer pourquoi.

– Je n'ai pas eu le temps de vous prévenir et j'ai marié, disais-je, sans savoir qui je mariais, affirma le prêtre d'une voix que l'émotion étranglait. Je m'en suis d'ailleurs ouvert à notre abbé ce matin, avant matines.

– Que lui avez-vous dit ? demanda Drogtegand.

– Je ne sais qui j'ai marié, voilà ! Le couple a forcé mon logis et a prononcé, sur le seuil de ma porte, la formule sacrée sans que je la puisse refermer. L'homme avait sa cagoule baissée, il était de grande taille et la femme avait le visage caché par la pourpre rouge du voile marial. Je n'ai pu faire autrement que de les bénir.

La voix du vieux prêtre avait faibli, il regarda autour de lui d'un air inquiet et se tut.

– Je comprends, dit l'ancien en soupirant. Et vous avez bien fait.

Un lourd silence plana sur l'assistance. Ainsi Rurik n'avait pas menti, il avait osé épouser la jeune fille, bafouant non seulement le promis d'Edel mais les familles, et par là même l'ensemble des villageois qui tous étaient plus ou moins liés par le sang et la parentaille.

Le murmure s'enfla et tout le monde se mit à parler en même temps.

Drogtegand leva sa canne.

– Silence vous tous ! Silence ! tonna-t-il.

Puis se tournant vers le prêtre :

– Vous n'avez rien à vous reprocher, mon père. Vous ne pouviez savoir. Puisse votre bénédiction avoir aidé Edel dans son terrible destin.

– Vous savez ainsi qui étaient ces mariés ?

– Sans aucun doute la jeune Edel et Rurik le Danois.

– Oh, mon Dieu ! Mais Edel est…

– Edel était ma promise ! hurla Roderic en s'avançant, elle est morte maintenant par la faute de ce barbare et devant tous, je réclame vengeance, Drogtegand.

– Calme-toi, Roderic, dit le vieil homme. Si Rurik a épousé Edel, il ne l'a pas tuée pour autant.

– Pourquoi a-t-il fui quand on a apporté le corps, s'il est aussi innocent que vous le dites ? Et pourquoi les hommes que vous avez lancés à ses trousses sont-ils revenus bredouilles ? Pourquoi n'est-il pas là devant nous pour se défendre ?

– Oui ! oui ! hurlèrent les villageois en levant les poings.

– Sa fuite ne prouve pas sa culpabilité, rétorqua Drogtegand avec calme. Elle prouve juste qu'il doute peut-être de notre équité à son égard.

– Qu'en savez-vous ? cria Roderic avec insolence. D'abord que savons-nous de cet étranger ?

– Oui, oui ! tonna encore la foule.

Le visage crispé, le jeune homme sentit que l'assistance était avec lui. Il insista avec véhémence :

– L'abbé l'a amené et lui a donné le gîte en lui ordonnant de mener les pêches, hormis cela personne ici ne sait rien de lui. Et à cause de ce maudit, des hommes sont morts le jour de la baleine, et maintenant, non content de ça, il vole nos femmes et les tue !

Roderic disait ainsi à voix haute ce que chacun souhaitait entendre.

Drogtegand comprit que dans l'esprit simple de ces gens, le Danois était coupable et déjà condamné à mort. Il posa son lourd bâton et leva les paumes vers le ciel en signe de paix.

– Écoutez-moi, tous, et ne vous laissez emporter par la colère. Nous devons réfléchir. C'est le rôle du conseil des anciens. C'est pour cela que vous nous avez choisis.

– Il n'est plus temps de réfléchir, il faut agir ! hurla Roderic, hors de lui.

C'était la première fois depuis bien longtemps que quelqu'un tenait tête au patriarche. Les paysans hésitèrent un instant, puis approuvèrent :

– À mort ! à mort ! scandèrent-ils. Roderic a raison, attrapons-le, tuons-le.

– Roderic, le chagrin te fait perdre la raison ! tonna Drogtegand. S'il y a des hommes qui sont morts ici, c'est par la force de la *balæna* et celle du fleuve, non à cause du Danois. Les hommes du village ont agi et sont morts en hommes. C'est tout, il n'y a point là de malédiction.

Les anciens approuvèrent. Le patriarche continua :

– Quant à ta promise, Roderic, il se peut qu'elle ait été tuée par une bête sauvage ou par un homme, je te l'accorde. Mais rien n'accuse le Danois plus qu'un autre, tu entends !

– La bête sauvage, c'est Rurik ! rétorqua le jeune palefrenier. C'est un *gare lou*. Rappelez-vous ce que disaient nos ancêtres, les Danois embrochaient les enfants vivants sur leurs lances et vous croyez qu'un tel homme hésiterait à verser le sang d'une femme ? C'est un Danois, il fait partie du « peuple perfide », il doit mourir !

Des fourches s'étaient levées. Les hommes, en fureur, tapaient du pied, à en faire trembler le sol.

– À mort, à mort !

Les villageoises étaient les plus enragées et excitaient leurs hommes à grands cris. Au bout d'un moment, ne pouvant plus se faire entendre, les sages, menés par le patriarche, se levèrent et descendirent de l'estrade. Drogtegand s'approcha du jeune palefrenier et gronda :

– Il suffit, Roderic, tu parles sans savoir ! Il y a eu trop de violence en peu de temps et nous y avons perdu ceux que nous aimions. Veux-tu entraîner ces hommes dans une nouvelle tuerie ? Tout comme les autres, tu m'as choisi pour vous guider et je ne vous guiderai que vers la paix et la justice.

Le jeune homme fixa un instant le vieil homme puis baissa les yeux devant son regard courroucé.

Un des villageois s'approcha et se planta devant le patriarche. C'était Landric le forgeron :

– Roderic a raison, dit-il. Et toi aussi, Drogtegand, il n'est point question de douter de toi. Mais nous voulons retrouver le Danois et venger Edel. S'il est innocent, Dieu lui accordera la vie sauve.

« Si des hommes comme Landric se mettent de la partie, il n'y a plus rien à faire », songea l'ancien avec lassitude, en voyant l'air décidé du jeune forgeron.

Il insista néanmoins, assenant ces mots avec force :

– Vous devez ramener cet homme vivant et je vous donne ma parole de le juger selon nos anciennes coutumes, en dehors de la justice séculière ou de celle de l'abbé.

– Nous ne pouvons te promettre cela, Drogtegand ! rétorqua, avec courroux, un des jeunes paysans. Le Danois ne se laissera pas faire, alors…

– Alors, vous préférez le tuer, même s'il est innocent !

– Nous savons qu'il est coupable, trancha Roderic d'un ton sec. Dès l'aube demain, la chasse sera ouverte.

– À mort, la bête ! hurlèrent les hommes en se dispersant avec des cris et des sifflements…

Le sort en était jeté !

En son for intérieur, le patriarche espérait que le Danois était hors d'atteinte de la meute. Après tout, les trois hommes qui avaient été envoyés à sa poursuite, avaient perdu sa trace aux environs de Saint-Wandrille. En ce moment, il devait déjà arpenter les ruelles de Caudebec, à moins qu'il n'ait rejoint le service du sire de Tancarville ou d'un autre seigneur normand.

25

Bien qu'il fît un peu frais ce mercredi matin, veille de la grande procession d'équinoxe, Odon retrouva avec plaisir la tranquillité du cloître de Jumièges et l'abri de ses arcades. Il réalisa qu'il n'était à l'abbaye que depuis le lundi et espéra que cette journée lui apporterait un peu plus de quiétude que les précédentes.

La messe qui suivait le chapitre venait de s'achever. Le jeune moine disposait d'un peu plus d'une heure avant l'office de tierce.

Il alla au lavatorium qui occupait l'un des angles du cloître et s'y rinça les mains tout en détaillant les sculptures qui ornaient les fines colonnes. L'eau s'écoulait en chuchotant par une étroite rigole vers le centre du cloître, où elle alimentait un petit bassin de pierre qui servait aux arrosages. Une vigne vierge prenait déjà les pourpres de l'automne et grimpait jusqu'aux fenêtres du scriptorium.

Au centre de la cour se voyait encore la terre fraîchement remuée de la tombe de Joce. C'est là, sous les parterres de romarin, de thym et de menthe, que reposaient les moines. Quant aux pères, ils étaient inhumés à l'ombre des arcades, nourrissant de leurs corps ce sol qu'arpentaient leurs frères en méditation.

Odon soupira, lissant d'un geste machinal sa courte barbe rousse. Il n'avait pas perdu de temps et déjà interrogé de nombreux moines mais, hormis les habituelles querelles, n'avait rien décelé d'autre qu'un certain manque d'autorité chez l'abbé. Quant à la relique, rien, pour l'instant, n'expliquait sa disparition, sauf peut-être la grande pauvreté qui régnait en l'abbaye. De toute façon, il était impensable qu'un abbé puisse vendre les restes sacrés du saint fondateur, cela ne s'était jamais vu, mais sait-on jamais ?

Odon s'assit sur un banc et cueillit une branche de romarin qu'il se mit à effeuiller tout en réfléchissant. Il avait envoyé l'un des novices chercher le père hôtelier et se demanda comment il allait amorcer le dialogue avec lui.

Un bruit de pas lui fit lever la tête. Un solide moine d'une cinquantaine d'années, le salua et attendit, les bras croisés, le dominant de sa haute stature.

Avec son grand nez et sa barbe en éventail, le père Baudri avait un visage difficile à oublier. Dans ses petits yeux gris brillait une lueur vaguement ironique et Odon n'arrivait pas à analyser ce regard déconcertant.

D'après les dires des moines qu'il avait interrogés, le père hôtelier avait une réputation de bon aloi.

– Vous m'avez fait demander, mon frère ? demanda brusquement le père Baudri.

– Oui, asseyez-vous, mon père. Je vous remercie de vous être déplacé. Vous n'êtes pas sans savoir que j'inspecte votre abbaye sur ordre du saint évêque de Lisieux.

– Je sais cela, répondit le père Baudri.

Sa voix trahissait de la tension, de toute évidence il était sur le qui-vive.

– Il n'y a rien là de bien grave, mon père, glissa Odon, sentant la gêne de son interlocuteur.

– Oui, oui, souffla Baudri. En quoi puis-je vous être utile ?

– Voulez-vous simplement répondre à quelques-unes de mes petites questions ? dit Odon qui continuait d'arracher, une à une, les petites feuilles grises de son brin de romarin.

– Je vais essayer, dit le père hôtelier, surpris par son manège et ne pouvant s'empêcher de suivre du regard les feuilles qui tombaient à terre.

– Bien, dites-moi tout d'abord, êtes-vous du pays, mon père ? demanda Odon avec une ébauche de sourire.

– Je ne vois pas le rapport avec votre enquête, rétorqua un peu trop vivement le père hôtelier.

Odon leva la tête, laissa tomber la branchette et alla en cueillir une autre avant de se rasseoir, recommençant le même agaçant rituel.

– Oui-da, mon père, vous avez certainement raison mais répondez tout de même, nous en aurons ainsi plus vite fini.

Le père hôtelier lâcha à regret :

– Je suis de Duclair. À quelques lieues d'ici.

– Que pensez-vous de votre révérend père abbé, mon frère ? enchaîna Odon qui paraissait à peine se soucier des réponses de son interlocuteur.

– Oh, c'est un saint homme, pour sûr.

– C'est tout ?

– Il est humble et d'une charité exemplaire…

– Oui, oui… Y a-t-il d'autres moines qui sont de la Terre Gémétique tout comme vous, mon père ?

– Euh, oui. Frère Anselme, notre infirmier, il est de Heurteauville et Foulques le préchantre vient de Caudebec ou d'Yvetot, je ne me souviens plus.

– Et votre saint abbé ?

– Eh bien ?

– Est-il aussi de la région ?

– Euh, non, je ne crois, répondit le père hôtelier que ces questions abruptes troublaient. Mais vous devriez demander à notre chancelier, c'est son rôle de tenir les registres et il vous dirait mieux que moi ce genre de détail.

– Oui, oui, vous avez raison, j'y penserai, murmura le petit moine, toujours absorbé par sa tâche. Je me demande…

Odon s'arrêta, laissant sa phrase en suspens. Le père Baudri serra les poings. Cet entretien commençait à lui porter sérieusement sur les nerfs. Il demanda d'un ton sec au petit moine qui paraissait avoir oublié sa présence :

– Quoi ?

Odon leva la tête et le regarda rêveusement.

– Vous vous demandez quoi, frère Odon ? dit Baudri en élevant le ton malgré lui.

– Oh, rien de bien grave… comment vous réveillez-vous matin pour l'office de vigiles ?

– Pardon ? demanda Baudri de plus en plus interloqué.

Lui qui avait imaginé un entretien solennel avec un religieux à la mine sévère, il se trouvait aux prises avec ce petit moine, un gamin de surcroît aux manies ridicules et aux questions sans queue ni tête !

– Comment vous réveillez-vous pour l'office de vigiles ? répéta Odon en plantant son candide regard dans celui du père hôtelier.

– Avec la cloche, bien sûr.

– Qui sonne le premier office ?

– C'était le pauvre Joce, maintenant c'est notre sacristain, Gachelin.

– Ah oui, et savez-vous comment il se repère ?

– Pardon ?

– Avec le coq, *qui excitat fratres ad nocturnas vigilias*, qui éveille nos frères pour l'office de vigiles ?

– Euh, non.

– C'est important, savez-vous, la règle de saint Benoît n'est bien respectée que si les horaires des offices sont ponctuels ! dit Odon en jetant négligemment la branche de romarin par terre. On a vu des monastères plonger dans le désordre parce que les offices sonnaient trop tard. Dieu aime la régularité, mon père… c'est ainsi qu'il a créé le monde et le luminaire du ciel !

– Oui, certes, répondit Baudri stupéfait par cette sortie.

– Alors, répondez-moi, insista Odon avec douceur.

– Oui, mon frère. Joce se repérait sur ce buisson, dit le père hôtelier en montrant un genévrier au milieu du jardin claustral.

– Sur ce buisson-là ? dit Odon en s'allant placer près de l'arbuste.

– Oui, il se tenait là, un peu plus à gauche.

– Là où il n'y a plus d'herbe ?

– Oui, c'est cela et quand l'étoile du berger arrivait à l'aplomb de ces deux fenêtres-là, au milieu, vous voyez ? Il sonnait vigiles. Bien sûr, ses repères n'étaient pas les mêmes suivant les saisons et le temps qu'il faisait mais le Joce connaissait mieux les étoiles que la Terre Gémétique.

– C'est intéressant, dit Odon qui regardait déjà ailleurs. Et votre saint fondateur ?

– Quoi ? dit le pauvre hôtelier qui décidément avait du mal à suivre la pensée du jeune moine.

– Philibert est un saint admirable, n'est-ce pas ? s'exclama Odon en retournant vers son banc.

– Oui, mon frère, dit Baudri en s'asseyant lourdement à ses côtés.

– Que pensez-vous de la disparition du sceau de notre abbé et de celle de la sainte relique ?

– C'est grand dommage, mais je ne vois qui a pu commettre telle vilenie.

– Oh, je ne vous le demandais pas, mais maintenant que vous me dites cela…

Odon marqua un temps, laissant ses propos faire effet sur son interlocuteur.

– De par votre fonction si importante au cœur du monastère, mon père, vous avez peut-être une idée. Vous voyez tant de monde en l'hôtellerie, vous entendez tant de choses. Quelqu'un vouerait-il un culte particulier à la sainte relique ?

Baudri se leva brusquement et se mit à marcher de long en large tout en marmonnant. Odon fit comme si de rien n'était, ne levant pas même la tête pour le regarder.

– Eh bien, mon père, dit-il au bout d'un moment. Que disions-nous ? Y a-t-il quelque chose qui ne va pas ? Tenez, puisque vous êtes debout, donnez-moi une autre branche de romarin, je vous prie.

Le père hôtelier hésita puis, arrachant une branche d'un coup sec, la tendit au petit frère.

– Merci bien. Asseyez-vous, asseyez-vous, mon père, vous me faites tourner la tête à bouger ainsi.

Le grand religieux obtempéra et se rassit aux côtés de frère Odon, puis déclara avec effort :

– Il y a bien quelqu'un qui n'oublie jamais de faire ses dévotions à notre saint fondateur et qui a supplié l'abbé d'accepter le cadeau d'une nouvelle châsse, sertie de pierres précieuses où seraient gravées ses initiales…

– Ah oui ? dit le petit moine d'un ton presque ennuyé.

– C'est le vieux sire de Clères. Il sera désespéré quand il apprendra la disparition de cette relique, à laquelle il ne manquait jamais de venir faire moult offrandes et dévotions. Mais il est si malade maintenant…

– Le sacristain a donc sonné les cloches hier matin,

pour la première fois ? dit Odon coupant la parole du père Baudri. Pardon, que m'avez-vous dit ?

– Euh, rien. Je réfléchissais, répliqua sèchement le père hôtelier. Avez-vous entendu ce que je vous ai dit sur le sire de Clères ?

– Ah oui, oui, bien sûr, répondit Odon avec distraction. Mais que disiez-vous pour les cloches ?

Le père hôtelier haussa les épaules et parla à mi-voix :

– Ce n'est pas hier matin, c'était avant-hier, lundi matin, que frère Gachelin a sonné vigiles.

– Vous êtes sûr, le jour même de mon arrivée ?

– Oui-da. Même que nous nous sommes réveillés trop tard. Personne ne connaît les étoiles comme Joce, dorénavant il faudra faire comme à Saint-Wandrille ou au Bec Hellouin, utiliser tout le temps des sabliers ou des cierges.

– Vous dites qu'il était trop tard ?

– Oui, mon frère.

– Vous êtes un homme précieux, mon père. On m'a dit que le vin de Conihout est si aigre que vous êtes obligé de le couper plus que de raison ?

Pour le coup, le père ouvrit de grands yeux, mais Odon poursuivit sentencieusement :

– La règle de saint Benoît, fort heureusement, ne nous accorde qu'une hémine par jour. J'ai connu des moines, en la bonne ville de Dijon, qui buvaient entre trois et quatre litres de vin bâtard par jour, mais il devait être meilleur que le vôtre sans doute, car ils y prenaient plaisir !

Baudri resta muet.

– Il paraît que les paysans d'ici ont même un dicton qui dit : « De Conihout ne buvez pas, car il mène l'homme au trépas. »

– Mon frère, le vin de Conihout est ce qu'il est mais, si vous en voulez parler, notre cellérier Onfroi, sera plus à son aise que moi en cette question, je crois d'ailleurs que vous l'avez déjà vu. Ne m'en tenez rigueur, je dois m'en retourner à mon ouvrage, dit l'hôtelier en se levant, son sourire cachant mal une froide colère.

– Oh, mon père, pardonnez-moi. Le temps est si fuyant. Je suis comme les cadrans qu'illumine le soleil, *Non numero horas nisi serenas*, je ne vois que les heures claires. Allez en paix, mon père, que Dieu vous ait en sa sainte garde et faites-moi quérir votre sacristain, frère Gachelin.

– Bien, mon frère, je m'en occupe, répondit le père Baudri en tournant les talons, oubliant de rendre son salut au petit moine.

Le bruit des pas du robuste hôtelier décrut et un sourire malicieux illumina le visage d'Odon.

Quand frère Gachelin se présenta au cloître, il ne vit pas tout de suite le petit moine.

Agenouillé sous les arcades du cloître, Odon était absorbé dans la contemplation d'un soupirail protégé par de solides barreaux.

– Mon frère, vous m'avez fait chercher, dit une voix impatiente qui sonnait haut et clair.

Odon se releva et secoua son froc couvert de poussière avant de regarder le moine qui lui faisait face.

– Frère Gachelin, je suppose. Qu'est-ce que ce soupirail, dites-moi ?

– C'est un des soupiraux des caves à vin de notre abbaye.

– Je ne savais pas les vins de Jumièges si précieux qu'il faille des barreaux pour les protéger !

– Vous avez raison, mais on dit aussi que c'était la prison des religieux qui avaient violé leurs vœux. Les vieux moines racontent que les prisonniers étaient enchaînés au mur avec, non loin d'eux mais hors de portée, une bougie allumée, du pain et de l'eau. On refermait les portes et on attendait que leurs cris s'éteignent et que les rats nettoient les restes…

– *Vade in pace*, allez en paix… voilà une bien jolie histoire, dites-moi. Je préfère celle de la cave à vin, bien que le vin bâtard que nous buvons au réfectoire ne soit guère à mon goût.

– Ça pour sûr, il n'y a pas plus mauvais que ce vin, renchérit le sacristain. Heureusement que notre abbé fait parfois venir des fûts de vins de Saint-Germain-des-Prés ou du comté d'Anjou.

Pendant que le moine parlait, Odon détaillait la puissante silhouette aux larges épaules. Le sacristain était plutôt bel homme, et jeune de surcroît. Il avait la parole hardie et portait sa robe de bure comme d'autres portent la broigne.

– On m'a dit, mon père, demanda Odon d'une voix douce, que vous étiez un oblat ?

Une brève lueur passa dans les yeux verts du moine. Il grimaça :

– Et on vous a bien dit. J'ai été donné à Jumièges à l'âge de neuf ans…

– On m'a dit, continua Odon sur le même ton calme, que vous étiez fils de seigneur mais né trop tard et que votre père, voulant favoriser son aîné, a assuré ainsi votre vie sous la protection de Dieu et du saint fondateur de Jumièges.

Une grimace déforma un instant les traits réguliers du sacristain, il croisa les bras et regarda le moine en face, répliquant avec emportement :

– Et on vous a bien dit ! Quel est le serpent pugnais qui a craché son venin ?

Malgré l'insolence du ton, Odon ne répondit pas, se contentant d'attendre une autre réaction du sacristain.

– Et à quoi puis-je, moi, Gachelin, pauvre oblat, vous servir, mon frère, puisque vous êtes si bien renseigné sur mon compte ?

Odon soupira. Il y avait de la compassion dans son regard quand il déclara :

– Je crois, mon frère, que vous n'êtes pas en paix avec vous-même et que vous avez du mal à porter cet habit. Enfin, je crois, mon frère que votre choix *non erat tuta viae incendendi per viam salutis*, n'est pas la meilleure voie sur le chemin du salut.

Gachelin pâlit puis s'approcha du moine et grommela :

– Comment osez-vous dire cela ?

– Mieux vaut que je le dise, rétorqua Odon avec tranquillité, plutôt que d'écrire ce que je sais ou d'en parler à votre abbé qui a l'air d'un saint homme, quoique trop indulgent à mon goût.

– Expliquez-vous ! dit Gachelin d'une voix que la colère rendait grinçante.

Les emportements du moine semblaient glisser sur Odon comme l'eau sur les plumes d'un canard. Il posa ses yeux sombres sur le sacristain et rétorqua doucement :

– Que non pas, mon frère, je n'ai pas à m'expliquer. Arrêtons là les faux-semblants, je vous propose un marché.

– De quel droit ? Vous n'avez aucun pouvoir sur moi, tonna le sacristain.

– Oh que si, mon frère, dit Odon. Mais il n'est point là question de pouvoir. Que vous soyez fils de seigneur ou, tout comme moi, fils de laboureur, n'oubliez pas qu'ici, nous sommes tous égaux devant le châtiment.

Gachelin serra les poings mais ne répondit rien.

– Quant à mon rôle, mon frère, continua le petit moine, il est de rédiger un rapport contenant *Puram veritatem simplicibus verbis*, rien que la vérité pure et simple. Et il en sera fait ainsi, croyez-moi. Alors, écoutez, soit vous vous confessez de toutes vos fautes, vous entendez de toutes ! Soit…

– Soit ? demanda Gachelin vaguement inquiet.

– Soit je vous fais un sort pire que celui qui était réservé aux moines de jadis !

Le sacristain tourna un visage angoissé vers le petit moine. Le calme et la détermination d'Odon semblaient avoir eu raison de son emportement. Après une brève hésitation, il murmura :

– Laissez-moi réfléchir, mon frère, donnez-moi un peu de temps.

– Je vous donne jusqu'à demain, même heure, même endroit, dit sévèrement Odon. Que Dieu vous protège contre vous-même et qu'Il vous porte conseil.

26

Depuis sa fuite du village, la veille au soir, Rurik ne s'était guère éloigné. Il avait tourné en rond, ne sachant plus que faire. Alors que le matin même, il ne pensait qu'à se venger d'Edel, sa mort brutale le laissait dépossédé de tout, de sa haine comme de sa passion pour elle.

Se jouant des trois hommes que Drogtegand avait envoyés à sa poursuite, il les avait entraînés jusqu'à Saint-Wandrille puis, les ayant semés, il avait repris, toujours courant, la route de Jumièges.

Il avait bien pensé à gagner Caudebec, mais le souvenir du linceul l'obsédait. Il voulait voir le corps et savoir de quoi elle était morte. Avait-il frappé trop fort ? Elle était si frêle et délicate. Pourtant, non, il se rappelait de son regard quand il était sorti, elle paraissait souffrir mais elle était bien vivante…

Épuisé, affamé, les muscles raidis par la fatigue, il avait fini par chercher un abri près des carrières abandonnées au Trou de fer. Il savait que là, au moins, personne ne le viendrait chercher. Les paysans de la presqu'île étaient gens superstitieux. Trop d'hommes étaient morts dans cet endroit sinistre où, disait-on, des démons habitaient la roche et soufflaient les flambeaux des imprudents avant de les perdre à jamais dans les dédales des mondes infernaux.

Pour y avoir déjà dormi un soir de chasse, Rurik connaissait un endroit où il pourrait se réfugier.

Après avoir bu un peu d'eau boueuse qui sourdait à même le calcaire et mangé quelques mûres acidulées, il se glissa dans une étroite crevasse et, s'asseyant le dos au rocher, sa hache entre les cuisses, il posa sa tête sur ses bras et sombra dans un profond sommeil.

Quand il se réveilla matin, le soleil était déjà haut et des aboiements furieux retentissaient au loin.

« Voyant revenir bredouilles leurs hommes, les villageois avaient dû se lancer à sa poursuite avec leurs chiens, songea le Danois. Il lui fallait faire vite, s'il ne voulait pas que les bêtes décèlent son odeur. » Il saisit sa hache et se coula hors de la faille, regardant brièvement autour de lui avant de disparaître dans les taillis.

La nuit porte conseil et Rurik savait maintenant ce qu'il allait faire. Il devait demander la protection de Dieu et l'asile de l'abbaye. L'abbé Eustache saurait, du moins Rurik l'espérait, le protéger de la haine tenace des paysans.

Le Danois fila, sautant les buissons, empruntant des sentes connues de lui seul, du moins le croyait-il, quand il tomba sur un groupe d'une dizaine d'hommes armés de fourches et de bâtons.

Les paysans se figèrent un instant, observant leur adversaire avec méfiance avant de se mettre à hurler, comme pour se donner du courage :

– Sus, sus ! À mort le Danois ! Sus à la bête !

Et ils chargèrent, leurs fourches baissées.

En hâte, le jeune homme regarda autour de lui. En cet endroit, la sente était étroite, cernée de grosses roches longeant les falaises. À droite, il pouvait rejoindre les rives de la Seine et se cacher dans les marais, à gauche, en traversant cette forêt qu'il connaissait mieux que ses adversaires, il pourrait gagner l'abbaye.

Il poussa un rauque cri de guerre puis, faisant tournoyer sa hache, se jeta à la rencontre des paysans qui reculèrent sous le choc, leurs fourches de bois brisées par le fer du Danois.

Profitant de ce moment de flottement, Rurik sauta dans les fourrés et courut vers la forêt toute proche dans laquelle il disparut.

C'était compter sans les chiens.

Quatre villageois, menés par Landric le forgeron, avaient entendu le haro de leurs compagnons et leurs cris de rage. Ils se mirent à courir et rattrapèrent les autres à l'orée du bois. Les hommes s'arrêtèrent en soufflant, le Danois était déjà loin. Voyant sa haute silhouette se fondre sous le couvert des arbres, le forgeron lança, en hurlant, ses dogues à sa poursuite.

– Sus les chiens, sus ! Tue, tue.

Le nez au vent, les bêtes s'élancèrent. Elles avaient repéré leur proie.

Rurik accéléra, la tête penchée en avant, les coudes serrés contre son torse puissant. De tout son corps coulait en larges gouttes une sueur aigre que sentait la meute lancée à sa poursuite.

Il entendait maintenant dans son dos, le halètement des dogues et les branchages hachés par leur course. Il allongea encore sa foulée, mais sentit qu'il ne tiendrait plus longtemps à ce rythme. Ses jambes se raidissaient sous l'effort. Il lui fallait faire face.

Il se retourna, solidement campé sur ses jambes, sa hache levée, attendant la charge des bêtes.

Les deux dogues déboulèrent des taillis en grondant, les babines retroussées, la langue pendante. Ils furent sur lui en un instant. Une terrible mêlée s'ensuivit. Évitant le premier chien, le jeune homme se jeta par terre et lui trancha le jarret d'un seul coup de hache. La bête s'effondra en hurlant, le sang pulsant de son moignon.

Le second molosse, profitant de la diversion, avait contourné le jeune homme, bondi sur son dos et transpercé son escoffle en y plantant ses crocs. Le jeune Danois roula à terre pour s'en débarrasser, mais la bête ne lâchait pas prise. Elle était entraînée et pouvait rester longtemps ainsi, ses crocs acérés enfoncés profondément dans les chairs de l'homme.

Dans un sursaut de désespoir, Rurik se releva et, le chien toujours planté dans son dos, se jeta contre un arbre, écrasant la tête de l'animal contre le tronc. Assommé, le dogue roula au sol et Rurik l'acheva d'un coup de hache.

Le Danois se plia en deux, essayant de reprendre son souffle. Il souffrait, la bête lui avait profondément entaillé les chairs, un long filet de sang coulait maintenant au creux de ses reins.

Il avait éliminé les chiens mais savait que les maîtres ne devaient plus guère être loin, il lui fallait fuir sans plus attendre. Il essuya le tranchant de sa hache sur ses braies et repartit, s'enfonçant plus avant dans la forêt.

Peu de temps après, les paysans déboulèrent dans la clairière. Landric jura en voyant ses deux chiens à terre, il acheva d'un coup de couteau celui qui était encore en vie et sans s'attarder examina l'herbe humide à la recherche des empreintes du Danois.

– Il est parti par là ! rugit-il en montrant une trace de pas. Et il est blessé… regardez les gars, il y a du sang sur les feuillages, les dogues ne l'ont pas manqué. La bête est marquée, on va l'avoir. Il ne pourra pas tenir son allure longtemps. Toi et toi, retournez au village chercher du renfort et dites-leur que le monstre est blessé. Vous six, au cas où il essayerait de passer par là, barrez-lui la route vers Yainville.

Et, sans attendre, Landric s'enfonça en courant dans les bois, suivi par cinq solides gaillards. La piste était très visible, les empreintes bien marquées et des gouttes de sang maculaient parfois la sente aux feuillages froissés par la course du jeune Nordique. Pas une seconde, les paysans ne soupçonnèrent le piège qu'il leur tendait.

Ils avaient un peu vite oublié que le Danois était le meilleur chasseur du pays et que, même blessé, ce rôle de gibier n'était guère à son goût. Après avoir laissé quelques belles empreintes à leur intention, il avait bourré son esclavine de mousse, empêchant ainsi sa plaie de suinter puis, à l'aide d'un rameau, avait effacé ses empreintes au fur et à mesure avant de reprendre sa course et de décrire une large boucle qui le plaça juste derrière ses poursuivants.

La distance entre les hommes du village s'était creusée. Landric, prompt à la course, avait pris la tête suivi par trois de ses compagnons. Loin derrière, deux hommes, épuisés par ce train d'enfer, s'étaient laissé distancer.

Un cri vite étouffé par l'épais feuillage et ils roulèrent sur le sol, assommés.

Le Danois découpa prestement leurs escoffles avec le tranchant de son arme. Il les bâillonna et les ligota avec les larges bandes de cuir. Puis il repartit. Un autre traînard subit le même sort un peu plus loin suivi d'un autre.

La végétation était de plus en plus touffue. Les branches fouettaient le visage du forgeron. Le souffle court, Landric s'arrêta net, réalisant qu'il n'y avait plus de piste devant lui. Les empreintes avaient mystérieusement disparu et privé de ses chiens, il se sentait perdu.

Devant lui se dressait un mur de végétation vierge de toute trace et au-dessus de sa tête, dans un arbre, un petit écureuil roux semblait se moquer de son égarement. Le forgeron se retourna pour dire à ses camarades qu'il avait perdu la piste mais il n'y avait plus personne derrière lui. Il prêta l'oreille, aucun bruit de pas ne lui parvint. D'une voix, rendue rauque par l'anxiété, il appela.

En vain, il était seul. Seul l'écho déformé de ses paroles lui répondit, mêlé aux bruits du vent dans les grands feuillus. Il se demanda avec angoisse où étaient passés ses compagnons.

Pour la première fois, Landric prit peur. Non à cause de Rurik, mais à cause de cette sombre futaie qui l'environnait, cette sylve où il n'avait jamais pénétré et à laquelle il se sentait étranger. Ici, tout était moite et humide comme un ventre de femme après l'amour.

De longs filaments de mousse vert de gris recouvraient les troncs noueux. Des gouttes de rosée tombaient de feuilles en feuilles avant de s'écraser sur l'humus noir. Une puissante odeur de décomposition lui montait à la gorge.

Il se signa vivement. Il n'avait pas sa place ici. Il était allé dans la forêt lointaine, celle qui n'aime pas à être foulée par les hommes.

Un bruit étouffé, venant des taillis, le fit sursauter.

Maudissant sa lâcheté, il se ressaisit et le visage résolu, les mâchoires serrées, se campa, la lance bien en main, hurlant avec fureur :

– Approche, maudit chien d'étranger ! Je ne te crains point, approche et viens me combattre en homme ! Je t'attends !

Il n'y eut pas de réponse.

Le Danois était loin. Il avait depuis longtemps repris

sa course, décidé à utiliser ses dernières forces pour gagner l'abbaye, dans laquelle il comptait se faufiler à la nuit tombée.

27

Galeran et frère Odon s'étaient retrouvés aux viviers de l'abbaye, ainsi qu'ils en avaient convenu la veille au soir. Les deux hommes marchaient en devisant, suivant la longue allée de hêtres qui bordait les bassins poissonneux. De temps à autre, une truite sautait, gobant un insecte.

– Alors qu'en pensez-vous ? demanda Odon au chevalier après lui avoir relaté ses entretiens avec le père Baudri et avec le sacristain.

– Je pense, mon frère, répondit gravement Galeran, que si l'un de ces deux hommes est l'assassin, vous avez pris de grands risques en le pressant de la sorte.

– Je ne le crois pas capable de meurtre, et pourtant..., murmura Odon, si bas que le chevalier l'entendit à peine.

– De qui parlez-vous ?

– Du sacristain. Écoutez, voici ce que m'a appris le chancelier. Comme je vous l'ai dit, Gachelin est un oblat, il a été donné par son père au monastère de Jumièges alors qu'il venait d'avoir neuf ans. Il n'est ni plus ni moins que le fils cadet du sire de Clères.

– De Clères..., répéta Galeran. De Clères, nous avons déjà entendu ce nom. Mais oui, je me rappelle, c'était le nom du jeune seigneur que nous avons croisé ici même, le jour de notre arrivée ?

– C'est cela. Sans en avoir l'air, notre petit sacristain est apparenté à la plus puissante famille du pays après celle des Tancarville et ses hautes origines ne l'ont pas empêché de devenir un pauvre de Dieu…

– Pauvre, pauvre, pas tant que cela, rétorqua le chevalier avec un sourire. Votre chancelier vous a-t-il parlé du droit mortuaire dont Gachelin bénéficie en tant que sacristain de Jumièges ?

– Oui, j'ai appris cela, un droit fort ancien et qui remonte à la fondation de l'abbaye. Et alors ?

– Et alors, si j'en crois le fils du portier qui a la langue bien pendue, notre sacristain est plutôt à son aise, et sa richesse vient tout droit des larcins qu'il aurait commis en se servant sur le bien des mourants. Tancard et Drogtegand m'ont confirmé qu'il avait une maison sur la route de Yainville.

– La route de Yainville, c'est celle que nous avons prise hier, pour aller à la maladrerie ?

– Oui-da. Notre sacristain est d'un genre peu banal, vous en conviendrez. Il possède une maison à lui, près de la léproserie. Il est connu, c'est notoire au village et je l'ai vérifié, pour ses aventures galantes. À la fête, il n'avait d'yeux que pour Edel et…

– Et quoi ? demanda Odon avec impatience.

– Il avait le pauvre Joce sous ses ordres !

– Il est vrai, murmura Odon. Je l'avais oublié, ce malheureux !

– En un mot, ce Gachelin me paraît avoir moult péchés à vous confesser, mon frère, et quelque mal à éviter la *pœna gravissima*, la peine gravissime, déclara le chevalier en plantant son regard dans celui du moine.

– C'est curieux tout de même, dit rêveusement Odon, nul ici ne semble ignorer la conduite de ce personnage et pourtant, cela fait des années qu'il agit à sa guise, se moquant de toutes les règles sans que personne n'y trouve à redire finalement…

– Le monde préférera toujours Barabbas ! déclara le chevalier en souriant. On accuse volontiers l'homme de bien de tous les méfaits et on trouvera toujours des excuses à la crapule !

– Eh bien, tant pis, vous savez quoi ? rétorqua Odon de sa voix douce.

– Oh, je m'en doute déjà !

– Disons alors que je trouve ce Barabbas-là trop mené par sa chair pour être celui que nous cherchons… mais je me trompe peut-être, ajouta prudemment Odon.

– C'est quand même lui qui a sonné matines, m'avez-vous dit.

– Oui, et je pense, tout comme vous, que le pauvre Joce était déjà mort à ce moment-là, dit le petit moine en passant sa main dans sa barbe… mais messire Galeran, pour matines, vous avez raison et vous avez tort !

– Je vous écoute, Odon.

– Eh bien, voilà, si matines avaient été sonnées à l'heure, je dirais que vous aviez raison et que c'est l'assassin qui a tiré la corde. Seulement, le père Baudri m'a dit que matines, ce matin-là, ont été sonnées en retard, je l'ai vérifié, c'est vrai, et là…

– … là, vous pensez que j'ai tort, dit le chevalier en riant et sans doute vous êtes dans le vrai en cela, mon frère, mon raisonnement ne tient pas. Gachelin devait connaître, en sa qualité de sacristain, les repères astronomiques et les autres méthodes de son assistant, il aurait dû sonner à l'heure à moins d'avoir été retenu ailleurs et retardé. Je pense qu'il nous faut chercher plus avant. Mais j'avoue que c'est un plaisir, mon cher Odon, que d'échanger avec un esprit aussi aiguisé que le vôtre.

– Le plaisir est partagé, messire, dit le frère avec son petit sourire moqueur. Qu'allez-vous faire, maintenant ?

– Je pensais aller voir ce seigneur de Clères, dont le fils a fort opportunément levé le camp la nuit où Edel a été tuée et où la relique s'est, paraît-il, envolée.

– Vous croyez…

– Je ne crois qu'une chose, Odon, c'est que cette famille est liée, de près ou de loin, à la disparition de la sainte châsse.

– Il est vrai que le père Baudri m'a avoué la passion du vieux sire de Clères pour la relique de saint Philibert. C'est même lui qui a offert la précieuse châsse où la relique est enfermée, ajouta Odon. Mais, savez-vous, Galeran, qu'on dit ce vieux sire à l'article de la mort, votre visite risque de n'être guère appréciée.

– Peu importe, de toute façon c'est la seule piste que nous ayons pour l'instant et la procession a lieu demain matin. Il faut faire vite si nous voulons que l'abbaye recouvre son bien à temps. Et puis les reliques sont fort recherchées en ces moments troublés. Nous connaissons, vous comme moi, des monastères prêts à payer la forte somme pour en acquérir, surtout s'il s'agit de celles d'un saint aussi fameux que Philibert.

Odon lissa sa courte barbe.

– Vous avez raison, messire. Quant à moi, je vais continuer mon enquête.

– À ce sujet, Odon, il s'est passé cette nuit quelque chose dont je n'ai su le fin mot. Je dormais mal et j'ai été réveillé par des cris qui venaient de l'infirmerie. Il y avait là, d'après les dires de l'hôtelier, un malade, l'infirmier, le sacristain et le révérend abbé, en personne. On ne m'a pas laissé entrer. Peut-être arriverez-vous à savoir de quoi il retournait.

– Je n'ai rien entendu, mais je le saurai, messire. Ah, au fait, murmura le moine au bout d'un instant, ce soi-disant loup vert, ce Jendeus que vous m'avez dit chercher, a bien été hébergé en l'hôtellerie, son entrée était notée dans les registres tenus par le chancelier, seulement…

– Seulement ?

– Seulement, il n'y est plus. Et d'après les registres, il n'est pas sorti…, dit Odon, son petit sourire aux commissures des lèvres.

Le chevalier fit une drôle de moue et haussa les épaules. Odon l'exaspérait parfois !

Pour finir, les deux hommes se séparèrent après avoir pris rendez-vous pour le lendemain au même endroit.

Galeran se dirigea tranquillement vers les écuries pour aller chercher son destrier et Odon retourna mener son enquête en la sainte abbaye.

28

Ne sachant comment gagner le fief du seigneur de Clères, le chevalier s'était renseigné auprès de Roderic.

Alors que tous les villageois, ou presque, étaient partis pourchasser le Danois, le jeune palefrenier ne s'était pas joint à la meute et était retourné à l'abbaye pour reprendre son service aux écuries et s'occuper des chevaux.

Galeran l'avait trouvé en train de changer les litières. Toujours aussi pâle, il faisait son travail en silence. Le chevalier l'observa un moment avant de tousser pour signaler sa présence.

– C'est vous, messire, murmura Roderic sans même se retourner.

La voix du jeune homme était si faible que le chevalier du s'approcher pour l'entendre.

– C'est moi, Roderic. Je viens chercher mon destrier, dit le chevalier avec douceur.

– Il est bouchonné et il a mangé. Je vais chercher votre harnois, messire.

– Laisse, Roderic, je le ferai bien tout seul. Dis-moi seulement comment me rendre chez la famille de Clères.

Roderic lui répondit d'un ton monocorde, le regard fixé sur sa fourche.

– Il vous faut aller à Duclair, puis à Barentin et enfin prendre la route qui longe la rivière, la Clérette. Elle vous mènera tout droit chez eux.

– Bien merci, Roderic, que Dieu te protège, dit Galeran en s'éloignant pour chercher son harnois.

Une fois le chevalier parti, Roderic leva la tête. Il passa une main tremblante dans ses cheveux blanchis et s'écria :

– Dieu ! Dieu… Dieu, il m'a oublié, messire, et je Le maudis ! Je Le maudis !

La fourche fendit l'air et alla se planter en vibrant dans le sol.

Après avoir quitté l'abbaye, le chevalier donna du talon à Quolibet qui allongea joyeusement le trot avant de prendre un franc galop. Des paysans s'écartèrent précipitamment : il ne faisait pas bon se mettre en travers du chemin des chevaux de guerre.

Longeant la Seine, le chevalier arriva bientôt au petit village de Duclair.

Tout comme à Jumièges, de grands bacs faisaient le va-et-vient entre les deux rives, transportant marchandises et passagers. Une petite église de pierre blanche occupait le centre d'une placette ombragée. Des vieux discutaient sur le pas de leur porte. Galeran flatta l'encolure de Quolibet puis sauta à terre et, saisissant sa bride, conduisit le hongre à l'abreuvoir. Il salua courtoisement les paysans, parlant avec eux un long moment avant de repartir pour Barentin qu'il traversa sans s'arrêter.

Après avoir suivi le cours sinueux de la Clérette, le chevalier vit enfin se dresser devant lui l'imposante forteresse de la famille de Gachelin. Le chevalier poussa son cheval et traversa les dépendances, véritable petit bourg composé de longères, d'étables et de granges, qui précédaient l'entrée principale du manoir. Le domaine était bien tenu et les paysans, courbés sur leur ouvrage, ne levèrent pas même la tête à son passage.

Entouré d'un rempart de terre et d'une courtine, le château de Clères était construit en silex et en pierre de taille. C'était un grand logis carré flanqué de quatre lourdes tours d'angles.

Le chevalier se présenta au guet et, s'étant recommandé de l'abbé, fut introduit aussitôt. Passant sous le porche fortifié, il pénétra dans la grande cour où s'élevaient une petite chapelle et un colombier de briques.

Après avoir attaché Quolibet à l'anneau, Galeran avisa un serviteur qui venait à sa rencontre. C'était l'intendant du château, un homme gras dont le teint gris et la triste mine trahissaient les impérieux soucis.

Faisant signe au chevalier de le suivre, il passa sous une entrée voûtée et pénétra dans une vaste salle commune où, malgré la douceur du temps, ronflait un bon feu.

– Asseyez-vous, messire, je vous prie, dit-il en désignant un large faudesteuil à côté de l'âtre.

– Point n'est besoin, merci, je resterai debout.

– Pardonnez mon accueil, messire, mais mon seigneur, en son état, ne peut vous recevoir. Il est bien mal en point. Que puis-je pour vous ?

– Je suis envoyé par l'abbé Eustache et viens présenter mes salutations à ton maître, le sire de Clères, glissa le chevalier comme en confidence, et m'enquérir aussi de sa santé.

– L'abbé Eustache de Jumièges, mais…

– Mais ?

– Euh, il n'a pas changé d'avis au moins ?

– À quel sujet, l'ami ?

– Je ne sais si je dois…

– Parle, l'ami ! ordonna le chevalier.

L'intendant hésita, mais la figure franche du jeune chevalier parut le décider.

– Au sujet du prêt, messire.

La conversation prenait un tour imprévu, Galeran répondit avec aplomb :

– Eh bien, pour dire le vrai, l'abbé aimerait en rediscuter avec ton maître et m'a justement envoyé pour cela.

Le gros homme se laissa tomber sur un tabouret en gémissant :

– Ce n'est pas possible, ce n'est pas possible…

– Calme-toi l'homme, et explique-toi, dit Galeran avec autorité.

L'intendant ravala sa salive et se redressa.

– Messire chevalier, faites excuse. Mais messire Rainolf est à la chasse et je ne sais si je dois…

– Parle ! ordonna encore Galeran.

– Mon maître a payé fort cher le droit de garder près de lui cette sainte relique et messire Rainolf nous a dit que l'abbé lui en a donné la permission, à titre exceptionnel, par égard pour sa dévotion à saint Philibert. Mais la reprendre maintenant serait donner à mon maître un coup fatal, j'en ai peur !

– Qui parle d'enlever la relique et qui êtes-vous ? Je ne vous connais, messire, dit une voix impérieuse derrière le chevalier.

Galeran se retourna et reconnut immédiatement l'orgueilleux personnage qu'il avait vu parader à l'hôtellerie de Jumièges. Grand et plutôt bien tourné, Rainolf de Clères était pourtant affligé d'un visage adipeux et strié de couperose. Il toisait le chevalier d'un air hautain, attendant une réponse à ses questions.

Un fin sourire étira les lèvres minces de Galeran :

– Galeran de Lesneven, chevalier breton, dit-il, mais moi, messire, je vous connais. Vous êtes Rainolf de Clères, frère aîné de Gachelin, sacristain à Jumièges, si je ne me trompe.

L'homme changea de couleur et rétorqua avec insolence :

– Et alors ? Cela ne m'explique pas votre présence en ces murs.

– Je suis envoyé par l'abbé Eustache, messire.

– C'est le révérend qui vous envoie ! Mais que me veut-il donc ?

– À vous, rien pour l'instant, messire. Il souhaite seulement reprendre possession de la relique de saint Philibert.

– Mais vous êtes dément ! De quoi parlez-vous ? Comme si nous avions une relique ici ! rétorqua l'autre avec hauteur.

– Justement, votre intendant me parlait de celle qui est auprès de votre père, en sa chambre, je crois. Quant à vous, vous avez la mémoire bien courte car vous sembliez le savoir en entrant dans cette pièce.

Le pauvre intendant, qui assistait à l'entrevue, se recroquevilla sous le regard furieux de Rainolf.

– Dehors, maraud, gronda-t-il, nous réglerons cela plus tard, il t'en cuira !

Sans un mot, le gros homme sortit précipitamment.

– Et maintenant ? dit doucement Galeran.

– Il y a peut-être un moyen de s'arranger, essaya Rainolf d'une voix mielleuse…

– Que oui, messire, il y en a même deux et j'aurais tendance à choisir le premier. Si vous continuez ce petit jeu, je vous fais tâter de ma lame et je repars avec la relique que vous le vouliez ou non, c'est le premier moyen. Ou bien…

– Ou bien ? questionna Rainolf avec inquiétude.

– Ou bien, vous allez immédiatement chercher ladite relique sans faire plus d'histoires et je vous laisse le soin de vous en expliquer avec votre malheureux père.

– Vous vous trompez, chevalier, c'est Gachelin qui a tout organisé…, rétorqua l'autre d'un ton plaintif.

– Votre frère vous a certainement aidé d'une façon ou d'une autre. Mais, en l'occurrence, vous êtes l'aîné et comme tel, responsable de tout ceci, bien davantage que lui.

– C'était pour mon père, il est mourant, je voulais lui apporter quelque réconfort…, plaida Rainolf, les yeux au ciel.

– Vous allez me tirer des larmes, Rainolf, trancha le chevalier. Il suffit, la plaisanterie est macabre et il faut vous y faire, votre petite machination a échoué. L'abbé ne vous a jamais prêté cette monstrance, encore moins à la veille de la procession d'équinoxe. Et l'argent que vous avez sans doute extorqué à votre père, pour ce soi-disant prêt, il était pour qui ? Pour les déshérités, sans doute, ou bien l'avez-vous gardé dans votre escarcelle ?

– Comment savez-vous ? Je…

– Qui plus est, le coupa le chevalier, je suis prêt à parier que si votre père mourait, vous aviez déjà trouvé un acheteur, ce ne sont pas les trafiquants de ce genre qui manquent !

– Mais je…, protesta Rainolf.

– Alors, arrêtez donc ce jeu qui ne trompe personne, ou par Dieu, je ne salirais ma lame mais me ferais un plaisir de vous bastonner comme un malcuidant que vous êtes.

L'autre pâlit mais ne broncha pas.

– Je pourrais quérir mes gens, savez-vous ?

– Vous pourriez, rétorqua Galeran.

Après un moment d'hésitation, Rainolf baissa enfin la tête et se dirigea à pas lents vers la porte.

– Je vais quérir la relique, messire, dit-il en grimaçant un sourire.

Quand il revint, il portait le reliquaire de saint Philibert.

– Maintenant, Rainolf de Clères, retournez auprès de votre père et dites-lui, pour lui apporter réconfort, que l'abbé le viendra voir bientôt avec la sainte relique, ordonna Galeran. Quant à vous, le révérend Eustache vous recevra seul, demain, après la procession de saint Philibert, soyez ponctuel. D'ici là, je vous rends responsable de la vie de votre père. Si jamais il lui arrivait quelque malheur, je vous le ferais payer, soyez-en sûr.

Le ton du chevalier était menaçant. L'autre hocha la tête et avala sa salive. Il demeurait pétrifié devant Galeran, tenant maladroitement le reliquaire à bout de bras.

Écœuré, le chevalier lui arracha des mains la précieuse châsse et s'en fut à grands pas.

Finalement, l'énigme du reliquaire avait été facile à résoudre, songeait un peu plus tard Galeran, tout en galopant vers Jumièges. Le soir-même, il verrait le père abbé et lui remettrait discrètement la relique du saint patron de l'abbaye. Quant aux autres problèmes de la communauté, c'était à ce petit malin de frère Odon de s'en charger et pour ça, on pouvait lui faire confiance.

Tandis que son cheval le transportait à vive allure, Galeran pensait à tout autre chose. Ce qui le troublait, c'était Edel, la mystérieuse Edel. Mais Edel s'était tue à jamais. Il n'y avait que deux personnes qui pouvaient encore en parler : son assassin… et Mabille. Celle-là, dès l'aube du lendemain, il comptait bien s'en occuper !

QUATRIÈME PARTIE

« Que le feu qui me brûle est tel que le Nil
Ne l'éteindrait pas plus qu'un fil
Ténu ne soutiendrait une tour. »

Guilhem de Cabestanh, *XIIe siècle.*

29

Dame Frédesande possédait un beau douaire et habitait un ermitage non loin de la maladrerie. C'était une femme énergique âgée d'une quarantaine d'années, qui depuis son veuvage s'était mise au service des plus pauvres. Les moines lui demandaient souvent service et elle avait accepté volontiers de s'occuper de Mabille.

Tôt en ce matin du 21 septembre, loin de l'agitation de Jumièges, elle entra dans la cellule chargée d'une grande bassine pleine d'eau.

Le visage mal débarbouillé, les cheveux en bataille, la jeune fille était toujours recroquevillée sur sa paillasse, le dos au mur. Pourtant elle semblait plus calme. Un grand silence régnait dans la pièce. La veuve, sans dire mot, posa la bassine sur le sol puis sortit.

Elle revint presque aussitôt avec sur les bras un paquet de linge et de vêtements qu'elle arrangea en silence sur le lit devant Mabille.

Il y avait une cotte de drap bleu, des jupons, une fine chainse de batiste, un châle de Rouen, un petit bonnet de lin blanc, des bas et une paire de souliers de daim avec des boucles d'argent.

Les yeux de la jeune fille se posèrent sur les souliers, puis sur le visage avenant de dame Frédesande. Elle grimaça comme pour refouler ses larmes et un peu de couleur vint sur ses joues. Elle tendit la main et, attrapant vivement un soulier, le contempla comme un trésor. Enfin, elle leva les yeux et demanda d'une voix hésitante :

– C'est pour qui ?

– C'est pour toi, gentille Mabille, tu ne peux pas rester sale comme à présent, avec ta cotte déchirée…

– Les souliers sont pour moi ? insista la petite.

– Bien sûr, et le reste aussi.

– Je n'ai jamais mis de ces belles choses…

– Eh bien, tu vas les mettre pourtant ! Mais d'abord, il te faut manger un peu. Ensuite tu te lèveras et tu viendras te laver, dit la veuve avec fermeté.

Mabille, subjuguée, avala docilement un grand bol de brouet, puis dame Frédesande la prit par les mains et l'aida à se mettre sur pieds. Elle tenait à peine debout et la brave femme dut la soutenir jusqu'à la bassine d'eau. Un sablier plus tard, Mabille était méconnaissable, la taille bien prise dans sa cotte neuve, ses pieds menus joliment chaussés et les cheveux bien tressés. Le petit bonnet blanc encadrait son jeune visage et mettait en valeur son regard grave et doux.

Le chevalier entra à ce moment. Ses yeux allèrent de la veuve à Mabille qu'il reconnut à peine.

– Hé quoi, sans vous flatter, dame Frédesande, vous avez accompli un miracle !

La dame fit une petite révérence et dit d'un ton moqueur :

– Ce miracle n'est pas de mon fait, messire, c'est damoiselle Mabille qui m'a aidée le plus !

Galeran se tourna vers la jeune fille :

– Comment allez-vous ce matin, damoiselle ?

La petite eut un sourire émerveillé et soulevant ses jupons, tendit un pied d'enfant :

– J'ai des souliers, dit-elle avec sérieux.

Galeran et dame Frédesande éclatèrent de rire. Un instant interloquée, Mabille se joignit à eux. La tête lui tournait un peu comme si elle avait bu trop de vin clairet et elle se laissa tomber en riant sur le bord du lit.

Dame Frédesande se retira discrètement et le chevalier vint s'asseoir à côté de la jeune fille. Après un moment, il fit doucement :

– Gentille Mabille, est-ce que cela te déplaît de parler d'Edel maintenant ?

La petite l'écoutait, le menton dans ses mains jointes, le regard planté devant elle :

– Non, dit-elle avec un profond soupir… j'ai été malade longtemps, n'est-ce-pas ?

– Oui, mais c'était chose ordinaire. Tu ne voulais pas croire à la mort de ton amie et tu chassais de ton esprit ce que tu avais vu, mais la Providence a eu pitié de toi en t'envoyant l'oubli.

– Est-ce que je parlais ? Est-ce que je disais des sottises ?

– Non, tu ne faisais que grogner entre tes dents et cela ne voulait rien dire.

La petite parut soulagée.

– Mais maintenant, Mabille, dit le chevalier, tu as l'occasion de m'aider. Il faut que celui qui a maltraité ton amie soit châtié comme il le mérite et qu'il ne puisse plus nuire à personne. Est-ce que tu es de mon avis ?

Mabille se contenta de soupirer en hochant vaguement la tête.

– Bon, Edel était ta grande amie, dit le chevalier.

Elle te faisait forcément des confidences. Elle te racontait bien des choses.

La petite eut une drôle d'expression :

– Sûr, qu'elle m'en disait souvent. Mais voyez-vous, messire, je n'en veux point parler car cela me faisait honte pour elle. Et puis, je lui avais juré le secret sur la croix et ne puis m'en dédire… non, messire, je ne veux la trahir !

C'était comme ça, elle aurait eu moult choses à lui apprendre et maintenant, il sentait qu'elle garderait le silence et n'en démordrait pas. Il fit donc semblant de se résigner.

– J'en suis marri, mais je peux te comprendre. Tu ne veux donc pas me venir en aide ?

– Je ne sais pas, j'ai peur, vous savez… ce qu'on a fait à Edel, c'est si terrible… Comment Rurik a-t-il pu en arriver là, on ne l'a donc pas attrapé ?

– Parce qu'à ton avis, c'est le Danois qui a arrangé comme ça ton amie ?

– Qui d'autre ? Ou alors le *gare lou* ? dit-elle, les yeux écarquillés.

– Bon, écoute. Le Danois jusqu'ici nous a échappé mais nous finirons bien par le prendre. Sois sans crainte, il faudra qu'il s'explique. Maintenant, dis-moi, te sens-tu assez forte pour rentrer chez toi au village ? Si tu en es d'accord, je te ramène tout de suite auprès de tes parents qui sont dans le chagrin.

Mabille eut un petit sourire :

– Sur votre cheval ?

– Sur mon cheval, répondit gravement Galeran.

– Alors, je le veux, dit la jeune fille avec un soupir d'extase.

Un peu plus tard, elle faisait ses adieux à la charitable veuve et au frère infirmier qui la regardait les yeux ronds et les joues en feu.

Galeran sauta sur Quolibet et hissa devant lui la petite, légère comme une plume.

« C'est curieux, se dit-il en mettant son cheval au galop, le jour de la ripaille, Mabille n'était encore qu'une enfant et maintenant, c'est un petit bout de femme qui se sait déjà jolie ! »

30

L'office de prime était terminé et les moines précédés des officiers entraient un à un dans la salle capitulaire.

C'est dans cette vaste pièce, située au-dessus de la salle des reliques, que se tenait chaque matin la réunion du *conventus* – assemblée des religieux –, où se prenaient toutes les décisions importantes concernant la bonne marche de l'abbaye.

De hautes torches illuminaient la salle où des bancs de bois étaient disposés en deux rangées qui se faisaient face. Tout au bout de l'allée formée par les bancs, se dressait le faudesteuil du révérend abbé et deux lutrins, l'un portant la sainte Bible, le second la règle de saint Benoît.

Comme chaque matin, avant l'assemblée, un moine avait nettoyé le sol ainsi que les boiseries et une bonne odeur de cire flottait dans l'air. Les fenêtres, ouvertes sur le jardin claustral, laissaient entrer le chant plaintif des oiseaux réveillés par la lueur de l'aube. Une table, dressée près de la baie centrale, était couverte d'un linge blanc. Un bouquet d'hysopes en fleurs y avait été posé par le père aumônier.

Toujours en silence, les moines se dirigeaient vers leurs places habituelles, les officiers s'installant en bout de rangées, à la droite et à la gauche du faudesteuil de l'abbé.

On n'entendait que le frottement des sandales sur le dallage et le bruissement léger des étoffes.

Le prieur, qui s'était placé à côté du siège de l'abbé, claqua des mains et tout le monde se figea.

Le père abbé fit alors son entrée. Il passa lentement au milieu des moines, inclinant brièvement la tête de part et d'autre, avant de gagner son siège devant lequel il se tint debout.

Il avait déjà revêtu, en l'honneur de la procession, une longue chasuble orfraisée dans laquelle il semblait mal à l'aise, relevant ses larges manches avec nervosité. Frère Odon le suivait, très digne, tenant à bout de bras un objet de grande taille recouvert d'une draperie.

L'abbé invita le jeune visiteur à déposer l'objet sur la table devant la fenêtre et, contrairement à la coutume, à venir s'asseoir à ses côtés.

Les officiers s'écartèrent, lui faisant place à contrecœur. Le chapitre s'annonçait singulier.

– Asseyez-vous, mes frères, et méditons aujourd'hui un texte de notre sainte règle.

Après un profond et respectueux silence, l'abbé ouvrit le recueil de la règle créée au VIe siècle par saint Benoît, fondateur de l'ordre des bénédictins, et déclara avec gravité :

– J'ai choisi pour vous, ce matin, un passage de

notre règle concernant nos frères oblats. Écoutez, mes frères, ce que saint Benoît nous ordonne :

« *S'il arrive qu'un notable offre son fils à Dieu dans le monastère, ses parents promettront sous serment que jamais par eux-mêmes, ni d'aucune manière, ils ne lui donneront l'occasion de posséder quelque chose. Ainsi toute issue sera fermée pour l'enfant, aucune arrière-pensée qui puisse le séduire et le perdre –*
Dieu l'en préserve ! –
comme l'expérience nous en a instruits. »

Un lourd silence suivit les paroles de l'abbé.

– Prions, mes frères, dit l'abbé en s'agenouillant.

Seul Gachelin se dressa, hésitant, le visage contracté. Il était le seul oblat de la communauté et ne pouvait que se sentir concerné par les propos de l'abbé Eustache. Le prieur lui jeta un regard sévère et lui fit signe de se mettre à genoux comme ses frères.

Tout en obtempérant avec un mouvement d'humeur, le sacristain se dit que Odon allait vite en besogne. Dès avant matines, il lui avait fait savoir qu'il refusait de se confesser et ne se rendrait donc pas au rendez-vous qu'il lui avait fixé la veille. La suite ne s'était guère fait attendre.

Sans aucun doute, le petit moine avait dû s'entretenir avec l'abbé, et lui révéler ce qu'il savait de ses agissements, le poussant ainsi à exercer son autorité.

Perplexe, Gachelin baissa la tête et ferma les yeux, faisant, comme il en avait coutume, semblant de prier avec ardeur.

« Qu'était-ce donc que cet objet recouvert d'un

drap ? pensait-il avec inquiétude. Sans doute, encore quelque coup bas de cet avorton de visiteur. »

Après un moment qui lui parut interminable, un grand bruit se fit, l'assemblée se levait.

L'abbé Eustache passa très vite sur la seconde partie du chapitre qui concernait les comptes de la communauté et son administration.

Il s'attarda seulement sur une affaire qui risquait de rapporter bonne dîme à Jumièges, celle du rattachement complet de l'île d'Elling, sise au royaume d'Angleterre, à l'abbaye normande.

– Mais le prieur vous expliquera tout ceci bien mieux que moi, dit l'abbé en passant la parole à Angilbert.

Le prieur se leva, faisant cliqueter sa lourde chaîne d'or. L'air important, il s'avança au milieu de l'assemblée et déclara :

– Les droits de l'île devraient revenir intégralement à Jumièges, grâce à l'intervention du pape et de l'archevêque de Canterbury. Une seule personne s'y oppose encore : l'évêque de Winchester dont dépend Elling ! Cet évêque dénie à notre abbaye la cession qu'il nous a lui-même accordée voici quelques années, là est le litige.

Le chancelier Eudes leva la main, prenant la parole après un signe d'approbation de l'abbé :

– Mais enfin, si mes souvenirs sont bons, il s'était engagé en présence de l'archevêque Théobald de Canterbury lui-même.

– Cela est vrai et maintenant, il nous réclame la forte somme de cent markas d'argent ! déclara Angilbert, mécontent de l'interruption.

Ah, s'il était abbé, pensa-t-il avec hargne, il ne tolérerait pas ces libertés. Avec lui, ils fileraient doux, tous autant qu'ils étaient et puis les sanctions avaient été créées pour servir. Seulement voilà, il n'était pas abbé et chaque jour, il lui devenait de plus en plus insupportable de courber la tête devant cette chattemite d'Eustache. Si seulement ce ridicule petit visiteur pouvait faire un rapport en ce sens à son maître !

– Cent markas d'argent ! Mais nous ne les avons point et ce n'était pas dans nos accords ! continua Eudes indigné, et sans prêter attention à la mine courroucée du prieur.

– Du calme, mon fils, du calme, le tança doucement Eustache. Dieu pourvoira à notre requête. Continuez, frère prieur, nous vous écoutons.

Eudes rougit et se rassit en grommelant. Le prieur s'assura que tous les regards étaient braqués vers lui et déclara :

– Malgré son regrettable emportement, frère Eudes a raison, ceci ne figurait pas dans les textes originaux. C'est pourquoi nous avons l'assurance de l'archevêque Théobald de Canterbury, primat de Grande-Bretagne lui-même, de trancher en notre faveur.

Un murmure d'approbation courut dans les rangs.

Depuis l'abbatiat de Guillaume en 1127, nombre de biens, perdus au cours des sanglantes guerres normandes, étaient restitués à Jumièges qui pouvait enfin espérer subvenir à ses besoins et assurer son devoir d'aumône ainsi qu'elle en avait vocation.

Le prieur s'était tu, toisant l'assemblée comme si tout le succès de cette négociation n'avait dépendu que de sa seule personne. Puis, arrangeant les plis de sa chasuble orfraisée comme celle d'un primat, il alla à regret reprendre sa place au milieu de ses frères.

Le camérier bougonnait. Ce n'était pas la première fois, mais vraiment, ce prétentieux dépassait les bornes. Il s'attribuait un travail que lui et lui seul, l'archiviste de Jumièges, avait mené à bien. C'était lui et personne d'autre qui avait réussi à obtenir l'appui de l'archevêque Théobald. Lui qui travaillait depuis bientôt sept années à ce dossier que lui avait confié le précédent abbé !

Le camérier serra les poings et ne dit rien. Son heure viendrait un jour ou l'autre. Il saurait se venger de ces perpétuelles humiliations.

De ses grands yeux naïfs, Odon observait toutes ces dissensions, notant les mouvements d'humeur, l'orgueil et la rancœur des uns et des autres. Il soupira, songeant combien il était difficile d'oublier l'être de chair et combien « mourir à soi-même » était tâche malaisée, même pour des hommes qui recherchaient la sainteté… du moins en principe !

31

La troisième partie du chapitre allait commencer.

L'abbé joignit les mains et s'inclina en signe de recueillement :

– Prions mes frères, avant d'ouvrir ce chapitre des coulpes.

Un vieux moine se racla la gorge, pris d'une vilaine toux, il y eut des frottements de pieds contre le bois des bancs. Les frères se demandaient ce que leur réservait encore ce chapitre et leurs regards glissaient souvent vers l'autel et le mystérieux objet que le visiteur y avait déposé.

Leur attente n'allait pas être déçue.

L'abbé Eustache retourna se placer devant le lutrin, marqua un temps puis déclara :

– J'ai lu, voici quelque temps, dans les Consuetudines de nos frères chartreux, un texte du prieur Guigues que je vous demande de méditer car il s'applique fort bien à cette réunion :

« *Revêts-toi d'abord* – indue eum prius – *de celui que tu veux juger et corriger, ensuite, fais-lui ce que tu estimes avantageux pour toi-même si tu étais à sa place.* »

L'abbé leva la tête, il y avait de la compassion dans son regard mais aussi comme de la peur. Plus que jamais Eustache sentait le poids de sa charge. Il s'avança au milieu des religieux, leur déclarant d'une voix pleine de tristesse :

– Je souhaiterais du fond du cœur que l'un d'entre vous vienne, en confession, expliquer à ses frères pourquoi il a péché.

Un murmure, vite réprimé, monta des rang des moines.

Gachelin était devenu plus pâle encore. Devait-il se dénoncer ainsi en public ? Il hésitait, quand tout à coup, un moine sortit du rang avec détermination.

Il y eut des mouvements divers et des murmures d'étonnement parmi les religieux. On s'attendait à tout sauf à ce que le préchantre Foulques se mette en avant. Il se tourna vers l'abbé, levant vers lui son étrange faciès de grenouille triste :

– Puis-je, mon révérend, vous informer de quelques

faits que… que je ne puis plus longtemps garder secrets ?

Comme tous les moines habitués au silence, le gros préchantre était mal à l'aise quand il rompait la règle. Sa voix était un peu éraillée et il baissa vivement ses yeux globuleux, n'osant regarder l'abbé en face.

Bien qu'étonné par son intervention, Eustache inclina courtoisement la tête en signe d'acquiescement :

– Faites, mon frère, faites, nous vous écoutons.

Le préchantre parut rassembler ses idées avant de déclarer avec componction :

– Si j'ai bien compris, mon révérend, le sens de vos paroles et du passage de notre sainte règle, je crois qu'il est de mon devoir d'aider ici un de nos frères en difficulté ?

Son regard mélancolique se posa sur le sacristain.

– Il est donc, disais-je, de mon devoir, de ramener dans le droit chemin un de nos frères très aimé. C'est pourquoi je voudrais dénoncer ici les agissements coupables de frère Gachelin qui…

Le sacristain se redressa brusquement, dominant l'assemblée de sa haute taille. Un tic nerveux faisait tressauter ses paupières :

– Qu'on fasse taire ce moine, révérend abbé. Il ne sait point ce qu'il dit !

Les moines se mirent à parler tous en même temps.

– Du calme, mes frères, vous vous oubliez, implora l'abbé de sa voix douce. Du calme !

– Silence ! tonna le prieur.

Tout le monde se tut.

– Gachelin, mon fils, si vous avez quelque confession à nous faire, nous vous écoutons. Sinon, laissez finir notre frère Foulques…, plaida Eustache.

Gachelin se laissa tomber sur son banc, les bras croisés, le visage buté.

– Continuez, frère Foulques, nous vous écoutons, dit l'abbé.

– Je vous remercie, mon révérend. Je disais donc que frère Gachelin, ici présent, a commis des péchés que notre communauté ne peut admettre plus longtemps et notamment... le péché de chair !

Cette fois, ce fut un tollé général dans l'assemblée. Eustache, qui s'était rassis, se leva à nouveau pour faire taire l'assemblée.

– Mon père, dit-il en faisant face au gros préchantre, l'accusation est gravissime. Êtes-vous sûr de ce que vous avancez ?

Malgré le brouhaha, Foulques n'avait pas bronché. Il regarda son abbé et dit en soupirant :

– J'ai conscience, mon révérend, de la gravité de ma déclaration, mais je la maintiens d'autant plus que je ne suis pas seul à connaître les faits dans cette fraternelle assemblée. Beaucoup sont au courant de tout ceci et se taisent depuis des années.

– Expliquez-vous, dit l'abbé stupéfait, que voulez-vous dire, Foulques ?

– Même notre prieur, ici présent, connait les agissements de frère Gachelin, sans parler du père Baudri ou d'autres moines et officiers que je ne citerai. Quant aux villageois, ils savent tous qu'il faut garer leurs filles et leurs femmes de cet homme-là, dit-il en montrant le sacristain d'un doigt accusateur. Bien qu'il soit oblat, il se sert de sa puissante lignée pour venir à ses fins et pour que vous ne soyez informé de rien, allant jusqu'à payer...

– C'est faux ! hurla le sacristain, hors de lui.

Calomnies, mon révérend, entendez-vous, mensonges !

– De quel droit, misérable, vous en prenez-vous à moi ? le coupa le prieur Angilbert en foudroyant Foulques du regard.

– Silence ! Silence ! dit l'abbé que tant de désordre inquiétait. Il suffit, tous. Frère Foulques, continuez, je vous prie.

– Non content de commettre, comme je l'ai dit, le péché de chair, notre sacristain s'est rendu coupable de vol sur les biens des mourants mais aussi sur ceux de l'abbaye, mon révérend !

– Vous voulez dire que notre sacristain nous a volé ? questionna l'abbé. Et comment cela ?

– Oui révérend, car j'ai tout lieu de croire qu'il a dérobé notre sainte relique pour en faire un commerce honteux.

L'abbé leva la main et déclara :

– Ces accusations sont trop graves pour que celui que vous accusez ne s'explique pas lui-même. Frère Gachelin, parlez maintenant car il en est temps, vous ne pouvez vous taire.

Le sacristain avait compris qu'il ne servait plus à rien de dissimuler. Il se leva donc et alla s'agenouiller devant l'abbé :

– Mon révérend, dit-il d'une voix où vibrait la colère, permettez-moi de me confesser devant vous et devant mes frères. J'ai péché, il est vrai, j'ai péché.

– Nous vous écoutons, mon fils, répliqua Eustache avec lassitude. Nous vous écoutons. Que tout le monde s'assoie et que le silence soit tenu, mes fils.

– Je voudrais d'abord expliquer ici les raisons de mon égarement.

– Allez, allez toujours, mon enfant, l'encouragea l'abbé avec douceur.

– Quand j'ai eu neuf ans, ainsi que vous le savez peut-être, mon père, le seigneur de Clères a perdu sa seconde femme, ma mère, qu'il chérissait ardemment. Le lendemain, il m'offrait à l'abbé Guillaume, me chassant de sa vie, me chassant de la vraie vie, alors que je ne rêvais déjà que d'être adoubé chevalier.

Un sourd désespoir envahit les traits de l'oblat.

– Ma mère était morte et je perdais tout, pour me retrouver captif, prisonnier parmi vous. Oui, poursuivit-il d'une voix rendue âpre par l'émotion, dans une geôle ! Sur mon âme, je n'ai jamais accepté ça. Jamais, entendez-vous !

– Calmez-vous, mon fils, et continuez.

– Je n'ai pas, comme vous tous ici, choisi cette vie de reclus ! Je voulais revoir mon père, m'expliquer avec lui. Je voulais comprendre pourquoi il m'avait rejeté. Pendant toutes ces années, les seules fois où je l'ai rencontré, c'était lors des grandes cérémonies en Notre-Dame de Jumièges et encore n'avais-je pas le droit de l'approcher, vous étiez toujours là pour m'en empêcher. En vieillissant, je n'ai eu de cesse que d'arriver à sortir de cette geôle où vous me teniez. Et puis le temps a passé, n'effaçant rien mais m'apprenant à vous imiter mieux.

Gachelin se tut, il revivait ces longues années de misère. Eustache l'encouragea une fois encore :

– Allez, mon fils, allez.

– La charge de sacristain m'a enfin donné l'occasion de m'échapper et de retourner vers le monde. Alors j'ai essayé de rattraper les années que vous m'aviez volées !

» J'ai aimé les femmes, toutes les femmes, entendez-vous ? Qu'elles soient vieilles décrépites ou belles pucelles, accortes mariées ou habiles putereles. J'ai goûté à toutes les chairs ! Prenant autant de plaisir avec les têtes chenues qui appréciaient la tardive aubaine qu'avec les petites Vénus, celles qui tombent en extase au premier frisson…

L'abbé trancha, d'une voix rendue tremblante par l'indignation :

– Mon frère, je ne saurais trop vous rappeler que la confession est un acte de repentir et d'humilité. Vous portez notre habit et, que vous le vouliez ou non, avez prononcé vos vœux. Alors, confessez-vous avec dignité ou je serais obligé de vous entendre en privé.

Gachelin baissa la tête, en grognant :

– Je vais essayer. J'ai donc commis mille fois le péché de chair mais il me fallait trouver de l'argent pour subvenir à mes goûts et à ceux de mes innombrables épouses. J'avais loué une maison en dehors de l'enceinte pour y recevoir dignement mes conquêtes.

– Une maison, vous avez loué une maison ? dit l'abbé stupéfait.

– Oui révérend, et là, je dois dire que Foulques a raison, vous deviez bien être le seul à ne pas le savoir. J'ai donc eu une maison pour abriter mes amours, manger de plantureux repas et boire du vrai vin, pas du vin bâtard comme celui de Conihout, à votre santé et à celle de mes chers frères ! Et puis, je volais les morts, rien de bien méchant, là-dedans. Je profitais de ce qu'ils laissaient et croyez-moi, j'en profitais bien !

Sans se soucier des murmures indignés qui s'élevaient, Gachelin continuait avec arrogance :

– Et puis, mon père est tombé malade et mon demi-frère, ce ladre, est venu me proposer un marché.

– Un marché, dites-vous ?

– Il me proposait d'organiser une rencontre avec mon père si je l'aidais à dérober…

Le sacristain hésita soudain à continuer.

L'agitation était à son comble dans le chapitre. Tous les moines parlaient en même temps. Le prieur dut menacer de les faire sortir pour obtenir le silence.

– Continuez, mon fils, dit Eustache accablé.

– Je voulais revoir mon père, je l'ai donc aidé. C'est moi qui ai brisé la chaîne de la salle des reliques et moi encore qui ai volé la monstrance de saint Philibert…

– Mais enfin, vous n'aviez pas la clé de la salle, rétorqua l'abbé.

Le sacristain parut hésiter puis déclara :

– J'avais volé le trousseau de clés que détenait notre portier Tancard… Il n'y a vu que du feu, le pauvre vieux, et j'ai remis les clés en place sans qu'il s'aperçoive de rien !

– Vous vous trouviez sans doute très malin ? intervint Odon de sa petite voix flûtée. Alors dites-moi ce que votre frère Rainolf voulait faire de ça ?

Et d'un geste un peu théâtral, il souleva le voile qui dissimulait la précieuse châsse.

À nouveau, des exclamations fusèrent. Gachelin se taisait, les yeux fixés sur le reliquaire, il semblait interloqué.

Odon poursuivit :

– Avez-vous vraiment cru que votre charmant frère Rainolf donnerait gentiment cette relique à votre vieux père, cela m'étonnerait !

– C'est ce qu'il m'a juré sur sa tête, murmura Gachelin. Il disait que cela sauverait père et que sa santé s'améliorant, je le pourrais enfin revoir. Nous devions rendre la relique à l'abbaye après.

Odon eut un petit rire entendu.

– Êtes-vous donc si naïf ? Votre frère vous ressemble beaucoup vous savez, il aime la bonne chère, les dames et les beaux harnois. Seulement voilà, ça coûte cher et il est pourri de dettes, il est aux abois. Je crois aussi qu'il devait en avoir assez de voir votre père dépenser son patrimoine pour venir en aide à des églises et à une abbaye comme celle-ci. Il a donc décidé de se rembourser à sa manière... Ignoriez-vous, frère Gachelin, qu'il a extorqué la forte somme à votre malheureux père ? Saviez-vous qu'en plus, il avait conclu un autre marché et déjà revendu le précieux reliquaire à des trafiquants italiens, je viens d'en avoir confirmation, et que tous attendaient avec impatience la mort du pauvre homme !

– Vous mentez ! hurla Gachelin, hors de lui. Notre père était mourant, mon frère n'aurait pas osé lui demander deniers et de plus, revendre la relique sans m'en parler !

– Oh si, il l'a fait. Et, comme un sot, vous vous êtes laissé manipuler sans même vous poser une seule question.

Gachelin baissa la tête. Il réalisait qu'il n'avait sans doute été qu'un instrument dans les mains de Rainolf et que peut-être, il ne reverrait jamais son père vivant.

– Fort heureusement, continua Odon de sa voix douce, d'autres se sont posé les bonnes questions et, comme le chevalier de Lesneven, y ont répondu. Grâce à lui, nous avons pu remettre la main sur la sainte châsse avant la procession d'équinoxe. Et maintenant que ceci est réglé, passons à autre chose, je veux parler du sceau du père abbé. Votre frère l'a-t-il dérobé également ?

– Le sceau ? Mais je ne sais pas, n'ai-je donc pas assez avoué ? Je ne suis pour rien dans cette histoire-là.

– L'avez-vous volé dans le coffret de l'abbé ? insista encore Odon.

Le silence était général. L'abbé, très pâle, ne quittait pas le sacristain des yeux. Celui-ci secoua la tête mais ne répondit pas à cette dernière accusation. Il paraissait maintenant se désintéresser du débat.

– Défendez-vous, Gachelin, défendez-vous, le supplia l'abbé malgré lui.

Le sacristain murmura :

– J'ai volé la relique pour mon père, pour le revoir une dernière fois avant qu'il ne meure…

Et soudain, il supplia avec une voix aussi aiguë que celle de l'enfant qu'il avait été :

– Je dois le voir, révérend. Je dois le voir.

L'abbé baissa la tête, ému par cette douleur. Il réalisait ce qu'avait dû endurer cet enfant donné à Dieu par un père qui refusait de l'aimer.

La voix continuait, insistante, lamentable :

– En pitié, permettez-moi de le revoir, mon révérend, et je promettrais tout ce qu'on voudra.

« Il y a là un bien étrange tableau », pensa Odon, qui observait la scène avec attention.

Les deux rangs de moines en désordre, oublieux de leurs règles. L'abbé, très pâle, le visage prématurément vieilli, et ce robuste sacristain à la carrure d'homme de guerre qui le suppliait à genoux, parlant soudain de son père avec la voix d'un enfançon.

Frère Odon toussota pour attirer l'attention du révérend Eustache :

– Puis-je, révérend abbé, poser encore quelques questions à notre frère Gachelin ?

– Vous croyez, frère Odon ? dit Eustache d'une voix lasse. Enfin, si vous le souhaitez !

Odon s'approcha de l'homme agenouillé et lui posa la main sur l'épaule :

– Frère Gachelin, j'aimerais que vous nous parliez ici de vos relations avec damoiselle Edel.

Le sacristain leva un regard égaré vers le jeune moine. Il secoua la tête négativement.

– C'est une chose, murmura Odon, que d'être condamné pour vol et péché de chair par son abbé, mais cela en est une autre que d'être condamné pour meurtre par la justice séculière !

Gachelin écarquilla les yeux.

– Courage, nous vous écoutons, ordonna Odon en maintenant fermement sa main sur l'épaule du sacristain.

– Que voulez-vous savoir ? demanda le religieux d'une voix hésitante, en regardant droit devant lui.

– Vos relations avec elle, rétorqua sèchement le petit moine.

– J'étais tombé amoureux et…

– Et ?

– … et je suis devenu son amant, murmura Gachelin.

– Où étiez-vous la nuit où on lui a fait subir male mort ?

– Vous m'accusez de ça aussi ? Mais non, je l'aimais, moi, Edel, je l'aimais, m'entendez-vous !

Gachelin s'était levé d'un coup, faisant face au jeune moine.

– Alors, répondez à ma question.

– J'étais avec Rainolf, mon demi-frère. Rappelez-vous, elle a été tuée la nuit où nous avons volé la relique après la ripaille. Je suis ensuite retourné me coucher au dortoir commun.

– Quelqu'un vous a-t-il vu ?

– Euh... non, je ne crois pas, hésita le sacristain.

– Vous ne croyez pas ou vous en êtes sûr ?

– Eh bien, je ne voudrais dénoncer. Peut-être celui que j'ai rencontré pourrait-il confirmer que je regagnais bien ma place au dortoir.

Un long silence se fit. Le prieur s'avança :

– J'ai effectivement croisé frère Gachelin qui s'en retournait, tout comme moi, à son lit. Je n'arrivais à dormir et revenais du jardin claustral où j'étais resté assez longuement, assis sous les arcades.

– Vous voyez bien. Et puis, je n'aurais pu la tuer, elle était la seule de toutes à qui je tenais… Pitié, révérend, croyez-moi.

Le sacristain se jeta à nouveau à genoux devant Eustache, saisissant le bas de sa chasuble, lui baisant les pieds. L'abbé recula, très pâle :

– Il suffit, mon frère. Relevez-vous et regagnez votre place, je déclare le chapitre terminé.

– Mais…, protesta doucement Odon. Il reste tant de choses à éclaircir, révérend.

– Qu'y a-t-il encore ?

– Il y a, mon révérend, la mort d'un frère que tous, ici, semblent avoir oubliée.

L'abbé fronça les sourcils, l'air exaspéré.

– Que voulez-vous dire, frère Odon ?

– J'ai nommé le sous-sacristain Joce dont plus rien ici ne parle, hormis le rouleau des morts !

Le petit moine balaya l'assistance de son regard candide et déclara tranquillement :

– Eh oui, mes frères, il me faut encore une confession. Il serait bon que l'homme qui l'a tué, se dénonce.

– Je ne l'ai pas tué, protesta une voix rauque.

Un robuste moine s'était levé et avança de quelques pas. Dans ses yeux d'où toute ironie s'était envolée, il n'y avait plus que de la peur.

– Père Baudri ! s'exclama l'abbé Eustache, interloqué.

Le père hôtelier baissa la tête. Ces derniers jours, chacun avait pu remarquer combien son humeur avait changé. Il vint s'agenouiller devant le révérend et murmura :

– Je n'ai pas tué Joce, mon père. Joce est…

– En êtes-vous bien sûr ? le coupa Odon. Vous êtes pourtant, devant Dieu, le seul responsable de sa mort, père Baudri.

Le père hôtelier jeta un regard effrayé à ce petit moine qu'il avait sous-estimé, avant de rétorquer :

– De quel droit dites-vous une chose pareille et d'abord, que pouvez-vous savoir de ce qui s'est vraiment passé entre Joce et moi ?

– Beaucoup plus de choses que vous ne voudriez. Tout comme pour la relique, le chevalier Galeran m'a été d'un grand secours. Il a fait son enquête et, grâce à lui, j'ai su ce qui s'était passé à Duclair. J'ai su qui se cachait derrière l'homme affable…

– Assez, se récria l'hôtelier en se relevant, le visage soudain blême. Assez, m'entendez-vous ! Faite-le taire, mon révérend !

– Que non pas, Baudri, je n'ai pas fini et je ne m'appelle pas Joce la peur. Il faut plus que vos colères ou que vos coups pour me faire taire, savez-vous !

Tout en passant machinalement les doigts dans sa courte barbe rousse, le moine dévisageait l'homme qui lui faisait face.

– Tout ceci ne regarde que moi, protesta Baudri, si bas qu'Odon eut peine à l'entendre.

– Seulement, vous avez cessé de vous appartenir du jour où vous êtes entré dans cette communauté, Baudri. Avez-vous oublié ceci, dit Odon en sortant un vélin de son aumônière et en le mettant sous les yeux du père hôtelier. Cet acte, signé de votre main, et déposé sur le saint autel, cette profession de foi où vous vous êtes engagé à servir Dieu ?

Gêné, le père Baudri baissa la tête et plaida :

– Je ne l'ai pas tué ! Par Dieu, je ne l'ai pas tué, je le jure.

– Étant enfant, poursuivit Odon comme s'il n'avait rien entendu, Joce était devenu votre souffre-douleur. De dix ans votre cadet, il était l'esclave qui exécutait tous vos ordres, celui qui vous craignait. Car tout comme ici, sous des dehors avenants, vous cachiez une terrible violence et une cruauté que seul Joce connaissait. Il en avait tant souffert que pour tous, il était devenu Joce *le Péor*. Celui, avez-vous dit au chevalier lors de son arrivée, qui craignait même son ombre. Et son ombre, c'était vous Baudri !

L'hôtelier ne disait plus rien, il s'était à nouveau laissé tomber à genoux au pied de l'abbé qui le regardait avec stupéfaction.

Implacable, le petit moine continua :

– Un jour, Joce a disparu sans laisser de traces, fuyant son village... vous fuyant. Et vous l'avez cherché partout ! Et puis, par hasard, vous avez appris qu'il s'était réfugié ici, à Jumièges. Et vous avez voulu prononcer vos vœux !

Baudri ne répondit pas, il s'était assis sur ses talons, regardant droit devant lui.

– Le temps a passé et vous êtes devenu père hôtelier. Mais il y avait un problème, Joce n'était plus votre esclave. Il était sous les ordres de Gachelin et cela, vous ne le supportiez pas ! Vous avez maintes fois essayé d'intriguer pour le récupérer, sans succès. Gachelin tenait à son sous-sacristain, d'autant qu'il le surchargeait de travail. Alors, vous avez commencé à haïr Gachelin, à vous intéresser à ses manigances, à comprendre ses faiblesses…

– Je ne l'ai pas tué, souffla Baudri d'une voix haletante.

– … et vous n'avez plus eu qu'une idée, le perdre pour reprendre Joce ! L'évêque de Lisieux a reçu des brefs qui, pour la plupart, venaient de vous. Vous y dénonciez la mauvaise tenue du monastère, annonçant même – aviez-vous entendu quelque conversation compromettante entre Gachelin et son frère – le vol de la relique.

– C'est faux, protesta faiblement Baudri.

– Que non pas ! J'ai comparé votre écriture avec celle de certains parchemins envoyés à l'évêque, c'est bien la vôtre, mon frère. Et puis, un jour…

– Taisez-vous, supplia l'hôtelier.

– … un jour donc, reprit le petit moine d'une voix douce, vous avez donné rendez-vous à Joce près des viviers… c'était le soir de la grande chasse. Que s'est-il passé entre vous, ce soir-là ? Votre esclave s'est-il rebellé pour la première fois de sa pauvre vie ? Toujours est-il que vous lui avez saisi le cou et que vous avez serré, serré…

– Non ! Non ! Je voulais juste lui faire peur, croyez-moi. Il… il est devenu tout blanc… et puis, il a basculé dans le vivier avant que je le puisse rattraper. Il était mort quand je l'ai sorti, c'est vrai !

– Oui, Joce est mort de peur, et cela le chevalier l'avait compris bien avant moi, murmura Odon. Mais c'est vous qui en êtes seul responsable, Baudri. Et puis, pour un homme innocent, pourquoi ne pas l'avoir ramené en l'abbaye et vous être confessé à votre abbé ? Au lieu de cela, vous l'avez jeté en Seine, en espérant qu'on croirait à une mort accidentelle ! Puis vous avez prévenu Gachelin de sonner matines, et quand je vous ai interrogé dans le jardin claustral, l'innocent que vous étiez n'a rien eu de plus pressé que d'assouvir sa haine et de faire peser les soupçons sur le sacristain et sa mesnie !

L'homme s'était tassé sur lui-même. Il n'essayait même plus de protester.

– Eh bien, voyez-vous, mon frère, dans tout cela, il y a quelque chose que je ne comprends guère, quelque chose d'invraisemblable !

Odon se tut. Les yeux fermés, le petit moine semblait souffrir, comme s'il attendait quelque inspiration venue d'ailleurs. Tous les regards étaient fixés sur lui. Il y eut un interminable silence, enfin, Odon rouvrit les yeux et prit à nouveau la parole.

– Mon frère, votre confession me paraît bien incomplète. Pourtant il ne nous appartient pas de sonder les reins et les cœurs, nous sommes tous faillibles et déchirés, tous nous souffrons et faisons souffrir…

Le père hôtelier lui jeta un coup d'œil inquiet.

– Mais enfin, mon frère, ces rapports de maître à esclave, ces coups, cette violence, ce soi-disant accident mortel… et enfin quoi, vous vous êtes fait moine pour le rejoindre, abandonnant tout pour lui ! Et là, une question me vient à l'esprit.

Baudri avait tourné vers l'enquêteur un visage livide.

– Quelle était donc la nature exacte de vos rapports avec ce pauvre Joce, frère Baudri ?

L'abbé écarquillait les yeux, en écoutant le récit du petit frère, il s'était demandé, lui aussi… Un coup d'œil au visage torturé du moine l'éclaira, il se leva :

– Répondez, mon frère, je vous l'ordonne !

Baudri s'essuya le front et balbutia :

– N'ai-je donc pas assez avoué ?

– Si vous ne voulez répondre, je répondrais donc à votre place, dit Odon implacable.

Baudri baissait obstinément la tête.

– Une seule chose peut expliquer la perversité et la violence de vos relations avec Joce et cette chose, c'est une passion coupable !

Des murmures horrifiés s'élevèrent dans la salle.

– En vérité, si vous avez poursuivi notre malheureux frère Joce jusqu'en cette abbaye, c'est parce que vous n'avez jamais pu dominer la passion que vous aviez pour lui ! La passion d'un homme mûr pour un garçon plus jeune que lui, un garçon faible et doux comme une pucelle. Un garçon terrifié par votre violence qui avait tout supporté de vous, même le pire ! Car Joce ne vous a jamais aimé, Baudri et c'était là votre drame, Joce avait peur et vous donnait ce que vous vouliez pour échapper aux agressions que vous lui faisiez subir depuis son enfance.

À ces mots, l'hôtelier poussa un hurlement déchirant.

– Une peur, disais-je, qui le dévorait et qui l'a poussé à s'enfuir de Duclair pour vous échapper ! Là-bas, les anciens parlent encore de vous, Baudri. Ils n'ont rien oublié de l'homme que vous étiez.

Le religieux secoua la tête et protesta faiblement :

– Moi qui l'ai tant aimé…

– Oh oui, vous l'avez aimé ! Au point de le chercher pendant des années. Et puis, vous aviez refait votre vie à Caudebec, si j'en crois les registres du chancelier Eudes. Le malheur a voulu que vous appreniez que Joce était à Jumièges et votre méchante passion vous a repris comme au premier jour. Je ne sais si vous avez longtemps hésité mais vous avez à nouveau tout abandonné pour le retrouver. Il fallait vous faire moine ? Eh bien, même cela ne vous a pas fait reculer !

Les moines incrédules demeuraient sans voix, attentifs à ce qui allait suivre.

L'abbé, mal à l'aise dans son faudesteuil, regardait la scène avec irritation.

Odon poursuivit :

– Les viviers sont un lieu discret, situé derrière des rideaux de fayards. Un endroit où certains aiment à se rencontrer à l'abri des regards. Habitué à obéir, Joce vous y a suivi… mais pourquoi chez vous, cette fureur subite, cet acte si brutal que cette fois, il va causer la mort de notre frère ? Ce que vous avez tenté, frère Baudri, porte un nom terrible et ce nom, c'est viol !

Baudri poussa un hurlement :

– Non ! Non ! Il… il ne me voulait plus. Il disait qu'il préférait mourir. Il me voulait dénoncer à l'abbé, moi ! Moi qui l'aimais depuis toujours ! J'ai juste voulu lui faire peur pour qu'il ne me laisse pas seul, mais je jure, par Dieu, ne pas avoir voulu sa mort ! Il est mort de peur, de peur, vous m'entendez ! Je n'aimais que lui, vous entendez ? Je n'ai jamais aimé que lui…

Et Baudri hurla comme une bête, un rictus de souffrance déformait ses traits. Le silence se fit dans la salle capitulaire. Atterrés, les religieux ne disaient mot.

Le grand moine s'effondra face contre terre, les bras en croix. Étendu sur le sol, des spasmes le secouait. Odon n'y prêtait pas attention et expliqua calmement :

– Pauvre Joce, il avait peur de tout mais ce jour-là, il a osé vous résister et il en est mort… comme un martyr. Je n'ajouterai pas un mot, les décisions sont du domaine de notre père abbé.

Eustache se leva tout à coup :

– Le chapitre est fini, déclara-t-il d'un ton sec.

– Mais, mon père…, protesta Odon.

– Vous n'avez pas entendu, mon frère ? Le chapitre est clos, le coupa vivement l'abbé, puis se tournant vers les religieux :

– Vous suivrez tous, y compris vous, Gachelin et vous Baudri, la procession et priez que Dieu vous pardonne de n'avoir su être digne de ses commandements. Foulques, je vous rends personnellement responsable ainsi que vous, Angilbert, de la sécurité de notre sacristain et de sa conduite à l'extérieur de l'enceinte. Baudri, vous serez dorénavant sous la garde de notre cellérier Onfroi, et j'entends que vous accomplissiez au mieux votre tâche en ces jours difficiles !

Le prieur lança un regard furieux au préchantre. Seul le sacristain, perdu dans de redoutables pensées, paraissait indifférent à son sort.

Baudri ne bougea pas. L'abbé fit un signe et deux moines le prirent par les aisselles, le forçant à se relever.

– Nous attendrons le chapitre de demain pour délibérer, poursuivit l'abbé. Vous, vous et vous, descendez la sainte relique à la salle du trésor. Frère camérier, accompagnez-les et préparez le brancard pour la procession. Mes frères, je compte sur votre recueillement. Allez en paix !

Le révérend sortit de la salle capitulaire, passant d'un air sombre, entre les deux rangées de moines qui s'inclinaient sur son passage. Odon observait avec intérêt les mimiques exaspérées d'Angilbert et de Foulques qui poussaient le sacristain vers la sortie et il se dit que l'abbé n'avait pas mis ensemble ces trois-là par hasard.

Dans un grand bruit de bancs repoussés, tout le monde se dispersa. Il restait bien peu de temps avant le départ de la grande procession.

32

Après ce chapitre où, une fois de plus, rien n'avait été décidé, Odon suivit l'abbé Eustache jusqu'à sa cellule. Il n'y avait pas été invité, mais avec son aplomb habituel, il s'en moquait. Il referma soigneusement la porte derrière lui.

L'abbé s'était approché de la fenêtre et, les bras croisés, regardait au loin, gardant un silence obstiné.

– Vous portez une bien lourde charge, mon Père, dit au bout d'un moment Odon, qui s'était installé à l'aise dans un faudesteuil.

Eustache se retourna, visiblement surpris par le ton du moine.

– Qu'entendez-vous par là ? Si vous avez quelque chose à me dire, alors faites-le, puis laissez-moi en paix, je n'ai point de temps à perdre !

– Mais nous n'allons pas perdre de temps, vous verrez, mon père. D'abord, asseyez-vous, je vais vous conter une histoire.

– Une histoire ! Une histoire ! Mais, ma parole, vous avez perdu l'esprit, dit l'abbé en le regardant fixement.

– Je ne crois pas, mon père, asseyez-vous, je vous en prie.

L'autre obéit avec une grimace d'amertume. L'audace de ce petit religieux était décidément sans limite.

– Bon, voilà qui est mieux, dit Odon, je vais donc vous conter une très vieille histoire… une histoire qui remonte, si je ne me trompe, à l'an 594.

» Cette année-là, Théodoline a offert à son époux le duc de Turin une couronne, mais pas une couronne comme les autres, car elle était composée d'un cercle de fer recouvert de lamelles d'or fin. Une sainte couronne en vérité, puisque dans sa grande sagesse, Théodoline voulait montrer au duc que le pouvoir que tous convoitent brille d'un éclat trompeur. Qu'il n'est qu'un poids bien lourd et souvent insupportable pour celui qui doit l'exercer…

– En somme, frère Odon, je n'ai rien à vous apprendre. Vous êtes trop malin, dit l'abbé d'un ton impatient.

– Je sais ce que je sais, repartit le petit moine avec affabilité, comme l'enfant sait ce qu'il sait… c'est là tout mon talent !

– Et alors ?

– Alors, père abbé, je sais que vous avez en horreur la charge qui vous a été confiée. Vous portez aujourd'hui, malgré vous, la couronne de fer et elle n'a jamais eu pour vous l'éclat trompeur de l'or. Vous étiez l'héritier d'une puissante famille, et pourtant, vous êtes venu humblement vous cacher en ce monastère. Du même coup, vous avez renoncé à une immense fortune pour vivre dans la sainte pauvreté et surtout, l'obéissance.

» Je pense que dès cette époque, vous connaissiez votre faiblesse et votre inaptitude à gouverner. J'ose le dire, vous êtes venu ici pour échapper à toute responsabilité et non par vocation ou dévotion au Seigneur !

Un moment, Odon crut que l'abbé allait défaillir. Après un instant d'hésitation, il continua :

– Seulement, la Providence s'est jouée de vous. Car, en ce monastère, comme dans tout lieu en ce bas monde, se livrait une lutte féroce pour le pouvoir. Vous avez simplement été la victime d'une machination particulièrement perverse.

» En effet, certains ici, connaissaient votre histoire et vous ont porté au pouvoir uniquement parce qu'ils vous savaient incapable de l'exercer ! Pour ceux-là, vous n'étiez qu'un pantin. À chacune de vos erreurs et de vos faiblesses, les conjurés marquaient des points. Non seulement, ils en prenaient à leur aise avec notre sainte règle, mais certains envoyaient dénonciations sur dénonciations à monseigneur de Lisieux, pensant ainsi vous supplanter et accéder en haut de la hiérarchie, à des postes qui jusque-là leur avaient échappé… sans doute visaient-ils même Lisieux ! Je ne vous les nommerai pas, vous savez de qui je parle.

– Je suis donc coupable à vos yeux, coupable de faiblesse ? demanda l'abbé en frissonnant.

– Ce n'est point à moi d'en juger, ces hommes ont su se servir de nos règles avec une habileté démoniaque pour mener à bien leurs manigances mais vous, vous n'avez pas trouvé la force de vous opposer à leurs manœuvres. Mieux encore, par votre inertie, vous les avez favorisées, vous avez créé le marécage.

– J'étais seul, dit tristement l'abbé.

– C'est cela la couronne de fer, murmura Odon… mais quand un père ne commande plus à ses fils, ceux-ci, nous dit le sage, ne s'abstiennent d'aucun forfait, d'aucune nourriture malsaine, d'aucune pensée honteuse… et bientôt d'aucun meurtre.

– Que devais-je faire alors, d'après vous ? demanda l'abbé, de plus en plus troublé.

– Vous couvrir la tête de cendres, aller pieds nus trouver monseigneur de Lisieux et lui confesser votre faiblesse et votre incapacité. Mais cela, évidemment, demandait un certain courage, vous avez préféré laisser tout aller… Et maintenant, mon père, remettez-moi le sceau. J'espère que vous ne l'avez pas détruit.

L'autre le regardait avec stupeur.

– Comment savez-vous ?

– Parce qu'il ne peut en être autrement. C'est vous, et vous seul, n'est-ce pas, qui l'avez subtilisé ?

L'abbé ne répondit pas.

– Vous l'avez fait disparaître, dit Odon d'un ton tranchant, parce que c'était votre façon à vous de repousser la couronne de fer et de devenir un roi réellement sans pouvoir. Maintenant, allez chercher le sceau, Jumièges en a besoin.

Sans un mot, l'abbé Eustache alla à sa couche et sortit de sous sa paillasse le petit objet, qu'il envoya rouler sur la table avec une telle violence qu'il tomba par terre.

Odon se pencha, ramassa le sceau avec respect, l'essuya d'un revers de manche et dit d'un ton apaisant, en le reposant sur la table :

– Après tout, ça arrive à tout le monde de ne plus savoir où on met les choses !

Il tourna les talons et sortit, laissant l'abbé sans voix.

33

En sortant de la cellule du révérend, le frère Odon se sentait le cœur léger.

« Comment ai-je réussi, dites-moi ma bonne Mère ? murmurait-il, non, ce n'est pas moi, mais vous qui m'avez éclairé et donné tant d'audace aujourd'hui. »

Il faut dire qu'Odon révérait Dieu mais que sa compagne de tous les jours était Marie, la Vierge noire, la gentille mère du Christ.

Peut-être parce que sa propre mère n'avait guère fait autre chose pour lui que de le mettre au monde en des temps troublés, Marie et les anges étaient devenus les proches du petit frère, ceux qui lui donnaient, sans se lasser, des signes de leur amour discret et parfois, à sa grande confusion, quand il entrait en conversation avec eux, Odon sentait ses pieds quitter le sol, tant il avait envie de rejoindre ses amis célestes.

Un choc brutal ramena Odon sur terre. Il venait, au détour d'un couloir, de se cogner à un vieux moine qui s'éloigna en grommelant :

– Ah, bien ça, ça manquait dans cette maison, des moines qui volent…

34

Venus souvent de fort loin, les pèlerins affluaient par centaines vers Jumièges. Arrivés la veille, beaucoup d'entre eux avaient dormi autour de l'enceinte de l'abbaye. Aux premières lueurs de l'aube, ils avaient replié leurs couvertures et leurs maigres baluchons. Groupés autour de petits feux, ils se réchauffaient en attendant avec ferveur l'ostentation de la sainte relique.

Soudain, les cloches du monastère se mirent à sonner à toute volée et le brancard apparut enfin, porté par quatre robustes moines. Ils le soulevèrent à bout de bras pour que chacun puisse voir la châsse brillant de tous ses feux sur un coussin de fleurs.

Aussitôt des cris exaltés et des chants s'élevèrent. Des moines se précipitèrent pour écarter la foule, faire de la place et organiser le défilé.

Précédé d'enfants agitant vigoureusement leurs crécelles, l'abbé marchait en tête, bénissant pèlerins et paysans qui se prosternaient sur son passage.

Les religieux descendaient le chemin blanc en chantant. En signe d'humilité, ils allaient nu-pieds et le visage découvert. Les villageois les suivaient les mains jointes sur la poitrine, répétant avec vigueur les paroles des frères. Ils en étaient sûrs, saint Philibert les sauverait de la tempête et de la ruine.

Conduite par l'abbé Eustache, la longue procession entra sur la place du village où elle s'arrêta sur un tapis de fleurs. Aux fenêtres des chaumières pendaient des couvertures et des draps décorés de guirlandes de feuillage. Un grand silence se fit et les sages du village,

Drogtegand en tête, vinrent s'agenouiller devant l'abbé qui les releva en dessinant le signe de croix sur leurs fronts.

Des pèlerins se bousculaient pour s'approcher de la relique de saint Philibert et la toucher. Des gamins surexcités couraient en tout sens, poussant des cris aigus.

Après avoir béni au passage chaque maison, l'abbé emprunta le chemin qui menait à la Seine, car c'était là qu'avait lieu la cérémonie.

À ce moment survint le chevalier, qui ramenait la petite Mabille chez elle. Il dut arrêter son destrier pour laisser passer la longue procession des religieux et des fidèles et se signa au passage de la sainte châsse.

Philibert, avant d'être canonisé, n'avait-il pas été un homme juste et d'une grande ténacité, d'origine gasconne tout comme la mère du chevalier ? Cette pensée le fit sourire et il sentit que le saint homme serait avec lui dans sa quête du meurtrier.

Autour d'eux, dans la cohue, les yeux s'écarquillaient, les langues se déliaient : « C'est la Mabille ! Regarde, sur le destrier du chevalier ! Si, si, c'est elle, puisque je t'le dis ! »

Mabille avait tant changé que les villageois hésitaient à la reconnaître. Elle était pâle et ressemblait à une damoiselle de la ville, avec ses chaussures et son châle de Rouen.

Quant à elle, consciente de tous ces regards fixés sur elle et un peu effrayée malgré tout, elle se cramponna au chevalier qui la serra contre lui un peu plus fort.

– Du calme, petite, tout ira bien, dit Galeran en la sentant se raidir.

La voix du chevalier était tellement tranquille que

Mabille redressa son petit menton et se drapa fièrement dans son beau châle, affrontant les regards curieux des villageois qui les entouraient.

Dissimulé dans la foule, un homme ne la quittait pas des yeux. Il plissait les paupières, observant le moindre de ses gestes. Il l'avait enfin retrouvée, et dire qu'il avait failli ne pas la reconnaître avec ses habits de la ville. Fort heureusement, malgré la cohue, un couple à cheval attire toujours l'œil.

L'homme sourit en regardant machinalement ses mains, puis son sourire s'effaça et il frotta vigoureusement ses paumes l'une contre l'autre, essayant d'enlever des taches de sang qu'il était le seul à voir, des taches qui ne partaient pas.

Il fallait qu'elle se taise, elle aussi. Il n'avait plus qu'à la suivre. Ce satané chevalier ne resterait pas toujours à ses côtés. C'était décidé, il allait la tuer.

« Il fallait qu'elle meure, songeait-il avec un petit rire intérieur, essuyant nerveusement ses paumes sur ses braies. Mais d'abord l'autre, il fallait que l'autre y passe d'abord. C'était si facile. Tout ça était si facile… »

Le chevalier sentit que la petite frissonnait.

– Qu'y a-t-il Mabille ? demanda-t-il.

– Je ne sais, messire, je ne me sens pas bien, comme s'il y avait là quelque chose de malfaisant, dit-elle en désignant la cohue avec angoisse.

– Ne t'inquiète pas, petite. C'est toute cette foule et ce bruit qui t'effraient. Nous allons bientôt pouvoir traverser, dit le chevalier pour la rassurer.

Mais lui aussi se trouvait mal à l'aise. Il connaissait bien ce petit signal d'alarme, ce frisson sur la nuque quand il y avait danger. En pareil cas, il était habitué à suivre son instinct. Il talonna Quolibet et, fendant la foule qui s'écarta prestement devant le destrier, le lança vers le bas du village où devait les attendre la mesnie de Mabille.

Un bref instant, il se demanda s'il n'avait pas tort de la ramener chez elle, loin de la protection des moines et de dame Frédesande, mais il repoussa cette pensée avec force. Il le fallait faire. Maintenant, il en était sûr, la bête malfaisante était sortie de sa tanière…

35

L'abbé avait mené la procession jusqu'au port de Jumièges où il s'était arrêté, observant le va-et-vient des embarcations et l'agitation croissante de la Seine.

Des canots accostaient, chargés de passagers et de présents pour l'abbaye. Sur la grève en pente douce s'entassaient, pêle-mêle, des cagettes pleines de canards et de poules, des tonnelets de vin, une brebis, des sacs de farine, du sel, du pain, des fromages, et des centaines de fleurs… en offrande à saint Philibert.

Des embarcations à voiles carrées qui venaient de Caudebec tiraient des bords pour se rapprocher du rivage et saluer la procession. À la veille de l'équinoxe, tous venaient demander l'aide du saint patron de Jumièges.

L'abbé Eustache fit signe aux porteurs de s'approcher de lui. Les moines, levant bien haut leur brancard, se frayèrent un chemin au milieu de la foule qui s'écartait à regret.

Le révérend descendit sur le sable de la berge et, relevant le bas de sa chasuble, s'avança de quelques pas dans l'eau du fleuve. Les porteurs, juchant le brancard sur leurs solides épaules, entraient à leur tour dans le courant. Sur un geste du prieur, qui s'était tourné vers la foule, tout le monde s'agenouilla et le silence se fit.

Sur l'autre rive, les paysans s'inclinaient. Les vagues venaient mourir sur la grève.

L'instant, dans son immobilité, avait quelque chose de magique. Plantés dans la Seine, les religieux en prière suppliaient le saint patron de calmer l'ardeur des eaux d'équinoxe.

L'abbé regardait toujours devant lui, par-dessus la brillance de la châsse, les eaux sombres du fleuve et les petites silhouettes des gens agenouillés au pied des hautes falaises.

Il sourit, puis entonna un *Ave Maria*, aussitôt repris avec ferveur par la foule.

Après une courte oraison, où le révérend appela le saint à accorder sa protection à la Terre Gémétique et à ses habitants, l'abbé se recueillit un instant. Puis, avec un ample geste de la main, bénit une dernière fois le fleuve.

« Aide-toi, le ciel t'aidera ! » songèrent les villageois avant de s'égailler, car en cette veille d'équinoxe, ils avaient fort à faire.

Comme sur un bateau avant la tempête, il fallait renforcer les défenses du hameau.

Sur l'autre rive, les habitants de Heurteauville, dont le village était régulièrement inondé par la grande marée, avaient barricadé leurs maisons et placé hors de portée des eaux les coffres familiaux. La plupart d'entre eux dormiraient ce soir au hameau de Jumièges ou remonteraient vers l'abbaye et ses environs.

Les eaux de la Seine étaient déjà très agitées et de courtes vagues heurtaient les embarcadères avec violence. Malgré cela, il y avait queue au bac, sur la rive gauche du fleuve, pour rejoindre la presqu'île. Même les pêcheurs se servaient de leurs embarcations pour passer les familles du pays et les pèlerins retardataires, venus du Bec Hellouin, de Lisieux ou de Pont-Audemer…

Les bergers, tôt partis ce matin-là de Heurteauville, conduisaient leurs troupeaux à l'abri vers les pâtures de la grange dîmière, où ils les enfermeraient pour le jour de tempête.

À Jumièges, les villageois aidés par ceux du Conihout remontaient les levées de terre qui enserraient les maisons. Des hommes arrimaient les toits de chaume les plus exposés aux vents, avec des filets de pêche. Des planches étaient placées devant les seuils pour freiner la montée des eaux. La violence de la tempête d'équinoxe était telle qu'il fallait tout prévoir en ces jours de grand vent.

36

Comme dans un rêve, Rurik entendit au loin la cloche de Jumièges qui annonçait la mi-nuit.

Il se tenait sous le couvert des arbres, à la lisière de la forêt. La nuit était claire et à quelque deux cents pas, il distinguait nettement la longue façade d'un bâtiment isolé. Il lui fallait faire usage de ce qu'il lui restait de force et de volonté pour rester encore debout, après ces trois nuits de course à travers bois.

Enfin, il se décida et en quelques enjambées atteignit la houssaie qui séparait la grande maison de la route déserte. Là, il s'accroupit derrière les buissons d'épineux, son arme posée en travers des genoux et se détendit un peu.

Il savait qu'il aurait dû gagner depuis longtemps Caudebec ou l'abri de l'abbaye. Les circonstances étaient idéales. Malgré le vent fort, un épais brouillard stagnait au-dessus de la Seine et des marais. Le village était envahi par la foule des pèlerins et, contrairement à l'habitude, tous allaient et venaient sans vraiment prendre garde aux autres.

Cependant un désir irrésistible consumait le jeune Danois et le poussait malgré lui vers cette grande maison solitaire. Ses mains se crispèrent sur son arme. Il le savait, si les gens du pays l'apercevaient en terrain découvert et réussissaient à le capturer, il n'y aurait pas de jugement, pas d'explication, seule une mort horrible, une mort horrible comme celle de la malheureuse Edel…

Et comme cela, tout serait dit et l'assassin serait satisfait, il continuerait à vivre en toute tranquillité.

– Dieu immortel, gémit Rurik, combien de malheurs durant ces quelques jours, que de douleurs ! Celle que j'adorais, je me suis mis à la haïr… non je mens, ce n'est pas vrai, je l'aime encore, comme si sa mort atroce m'y forçait malgré moi.

Il tendit l'oreille, regarda autour de lui, hésita encore un moment puis brusquement gagna d'un bond l'ombre de la vieille demeure.

Là, en longeant le mur, il tourna l'angle à gauche et se trouva devant une fenêtre basse, close par un volet de bois. Retenant son souffle, il colla un œil à la fente du volet. Tout était calme et il ne vit pas la moindre lumière.

Il eut tôt fait de faire sauter le loquet intérieur avec son coutel. Puis, il écarta le volet, enjamba la fenêtre et se retrouva dans la maison.

Un court instant, il crut encore qu'il rêvait, que les bras tièdes d'Edel se tendaient vers lui, qu'il la serrait furieusement jusqu'à la faire suffoquer et que, comme toujours, elle s'échappait, fuyante comme une anguille, lui faisant des promesses qu'elle ne tiendrait jamais.

Rurik revint à lui et scruta la pénombre de la chambre. Il se dirigea en chancelant vers le fond de la grande pièce. Là où il y avait un lit clos, le lit d'Edel.

Il écarta le rideau et soudain, se mit à trembler de tous ses membres. Devant lui, sous l'épaisse couette, une petite forme était couchée et il s'aperçut avec terreur qu'elle respirait doucement.

Rurik poussa un profond soupir, ses yeux se révulsèrent et il tomba de tout son long sur le sol.

37

Quand il reprit connaissance, il était toujours étendu par terre. À la lueur d'une chandelle, il vit un petit visage inquiet penché sur lui.

– Mabille ! Mais que fais-tu là ? murmura-t-il en se relevant sur un coude.

La jeune fille fit un bond en arrière et Rurik se laissa retomber.

– Mabille, je t'en conjure, il ne faut pas me craindre ! Je suis innocent de tout ce dont on m'accuse, je t'en supplie, crois-moi !... Est-ce que tu ne me connais pas, est-ce que tu ne sais pas combien j'adorais Edel ?

La jeune fille s'était rapprochée comme un petit animal méfiant.

– C'est bien pour ça, dit-elle dans un souffle, c'est parce que vous l'aimiez tant.

– Alors, est-ce qu'on fait du mal à ceux qu'on aime ?

Mabille secoua la tête nerveusement. Puis elle se reprit en pensant à la bonne dame Frédesande, si efficace et compatissante.

– D'abord, ne parlez pas si fort, dit-elle d'un air compétent. Vous voulez qu'on vous entende ? Ensuite, il faut vous reposer parce que vous êtes bien mal arrangé !

La petite l'aida comme elle put à se hisser sur le lit où il avait tant rêvé de s'étendre auprès d'Edel.

Une détresse profonde creusait ses traits et soudain des larmes d'épuisement et de douleur inondèrent ses joues.

Mabille sentit son cœur se décrocher. Elle saisit la main du jeune Danois et la serra avec force.

– Je suis sûre que vous n'avez pas pu faire ça, pour rien au monde ! murmura-t-elle.

La douceur de cette voix eut raison des dernières résistances de Rurik. Ses yeux se fermèrent, ses traits s'apaisèrent et il sombra dans un profond sommeil.

À la faible lueur de la chandelle, Mabille examinait tout à son aise le beau visage luisant de sueur et de larmes.

« Il ressemble à une statue, se dit-elle, une statue endormie. »

Elle tendit la main vers les longs cheveux pâles, c'était drôle, elle pouvait les caresser et ils étaient doux, aussi doux que les siens ou que ceux de son petit frère.

– C'est comme si il était à moi, murmura-t-elle et elle ajouta plus fermement : tu es à moi !

Cinquième partie

« Comme la berge d'une mare,
La frange sombre d'un nuage,
Comme une noire nuit d'automne,
Une obscure journée d'hiver,
Mon esprit est encor plus noir
Plus sombre qu'une nuit d'automne ! »

Le Kalevala,
Épopée populaire finnoise.

38

Le jour tant redouté de l'équinoxe était venu. De l'embouchure du fleuve jusqu'en la bonne ville de Rouen, des dizaines de guetteurs, leurs cors en bandoulière, s'étaient postés, observant l'aspect des eaux et la couleur du ciel.

Ce matin-là, de grosses nappes de brouillard stagnaient encore au-dessus des marais et des eaux trop calmes.

Puis, tout soudain et c'était signe funeste, un fort vent d'ouest se leva, chassant les dernières brumes, levant des tourbillons de sable et de poussière, balayant les cimes des hautes futaies.

Au-dessus des guetteurs passaient en désordre, telle une étoffe sombre et bruissante, des centaines d'oiseaux, hérons, sarcelles, mouettes, corbeaux, qui s'ensauvaient chercher refuge plus avant dans les terres.

Assis en tailleur sur un promontoire rocheux, le visage fermé, Drogtegand observait. Un jeune paysan, sa trompe de corne à la main, se tenait à ses côtés, attendant son signal. L'ancien fronça les sourcils : la forme des nuages, le vent et la direction prise par les oiseaux n'auguraient rien de bon.

Des marécages se levèrent soudain des vols de

canards halbrans qui, après avoir décrit une large boucle au-dessus de l'abbaye, prirent la direction du sud.

Drogtegand comprit que cette marée ne serait pas comme les autres, les halbrans le savaient bien qui, au lieu de gagner Rouen, avaient choisi sans hésiter la direction du pays d'Ouche. Sur un geste de l'ancien, le jeune homme porta le cor à sa bouche et gonflant la poitrine, lança vers le hameau un appel caverneux.

Poussés par le vent de noroît, de lourds nuages défilaient au-dessus de la Terre Gémétique. Drogtegand plissa les yeux. Le ciel, jaune pâle au réveil, virait au gris, un gris terne et sale comme le plomb des vitraux.

Il se leva précipitamment, laissant le jeune guetteur à sa tâche. Il lui fallait retourner au hameau et veiller à faire évacuer tout le monde. Ces présages ne lui plaisaient guère, cela lui rappelait trop cette terrible année où la marée d'équinoxe, au temps de l'abbé Guillaume, avait englouti une partie du Conihout et d'Heurteauville, inondé le hameau de Jumièges et noyé nombre d'hommes et de bêtes.

« Bien sûr, songea l'ancien en se dirigeant vers le village, depuis, nous avons construit des levées de terre autour du village, des digues au Conihout et à Heurteauville, mais qui peut résister à la grande marée ? »

Comme pour confirmer ses craintes, le vent lui apporta l'appel des cors de Caudebec et la sonnerie furieuse du tocsin de Saint-Wandrille.

L'alerte était donnée, les cloches de Jumièges se mirent en branle, relayant le signal de tempête qui se répercuterait ainsi d'église en église, jusqu'aux falaises de la ville drapante de Rouen et à sa cathédrale.

Le sort en était jeté. Les hommes finissaient de clouer des planches sur les portes et les fenêtres des chaumières. On arrimait tout ce qu'on pouvait. Les barques avaient été hissées jusqu'au petit bois de hêtres et solidement attachées aux troncs des arbres.

L'office de tierce n'était pas encore sonné que des files de femmes, d'enfants et de vieillards, chargés de quelques effets, se dirigeaient vers l'abbaye pour y trouver refuge.

Les visages des paysans étaient fermés. Même les enfants, d'ordinaire si bruyants, étaient inquiets et se tenaient coi, serrant la main de leur mère.

Tous les habitants de la Terre Gémétique subissaient, chaque année, les ravages des grandes marées, mais cela n'était rien en comparaison des terribles récits des anciens.

Tout en allongeant le pas, Drogtegand se souvint de ces soirs de veillée où les villageois se réunissaient sur la grand'place, jetant quelques brassées de bois sec dans le feu, écoutant sans se lasser la voix âpre de la vieille Gaitelgrime, la conteuse aveugle du Conihout.

– Écoutez, écoutez, disait la vieille, les flammes éclairant ses yeux révulsés, la vieille histoire des marées. Écoutez, celle que racontaient nos ancêtres et leurs ancêtres avant eux, car peut-être un jour ou une nuit, la marée viendra vous chercher, vous et vous, et tous les vôtres... tout comme elle a fait pour les miens.

La Gaitelgrime pointait son doigt maigre, droit devant elle, et les paysans se signaient, s'écartant vivement pour n'être pas désignés par l'aveugle. Même les jeunes gars avalaient leur salive, les femmes se serraient contre leurs hommes et la vieille, un sourire étirant ses lèvres sèches, continuait son récit.

« En ce temps-là, disait Gaitelgrime, les flots venaient battre les murs de l'abbaye. C'était le temps des navires dragons et du peuple perfide. Le temps des tempêtes et le temps de la peur ! »

Gaitelgrime s'arrêtait, balayant l'assistance de son regard blanc comme si elle cherchait quelqu'un, et sans doute cherchait-elle son époux et son fils, emportés par la grande marée, quarante ans auparavant.

La vieille secouait la tête et, crachant par terre avec force, éructait :

« Cette année-là, la famine avait emporté bien des enfants et des vieillards.

» Et puis, un grand souffleur était venu. Il était si grand que les tours de Jumièges paraissaient courtes à côté de lui. Les hommes l'avaient pris en chasse… et il en avait tué beaucoup avant que d'être enfin percé par le fer. Las, le Léviathan portait en lui la colère de la mer et sa chair avait pourri avant qu'on la puisse manger !

» La puanteur de ses entrailles s'était répandue sur le village mais ce n'était rien encore, en cette année maudite… car le Léviathan annonçait la grande marée, la marée des cinquante ans ! »

Un grand frisson passait sur l'auditoire. Tendant les mains vers le feu, les villageois se rapprochaient les uns des autres. Quand la Gaitelgrime contait, même les flammes devenaient froides.

« Cette année-là, les vents avaient tant et tant soufflé que la mer en colère s'était dressée comme une énorme muraille verte, une muraille si haute que personne n'en avait jamais vu de pareille ! Les falaises s'en souviennent encore… Après avoir tout détruit sur son passage, la vague a rencontré notre fleuve en face de Jumièges, le choc a été terrible et les flots mêlés ont jailli à une grande hauteur. C'était la plus haute Barre jamais vue, mais peu ont survécu pour le raconter…

» Des troupeaux entiers ont disparu, happés par les eaux. Une grande nef qui faisait route vers le port de Rouen a été fendue en deux comme par le tranchant d'une hache. Et la forêt, même la forêt lointaine, la Profonde, a été submergée ! Les poissons prenant la place des oiseaux dans les futaies, le monde basculait, l'eau était partout et l'air en dessous. »

L'auditoire haletait. La vieille se frottait les mains comme si elle avait froid à son tour et se balançant d'avant en arrière, elle continuait d'une voix plus rauque encore.

« Les vagues avaient passé l'enceinte de Jumièges et elles auraient englouti l'abbaye si le Seigneur n'y avait veillé. Quant à notre village… tous, femmes, enfants, vieillards, avaient péri noyés, leurs corps mutilés emportés par les eaux… »

Drogtegand soupira, ce récit lui rappelait trop les jours qui venaient de s'écouler avec leur lot de mauvais présages : la mort des chasseurs de baleine, celle de Joce et de la pauvre Edel… Et puis, ce terrible vent de noroît qui soufflait maintenant si fort qu'il fallait se courber pour avancer et ne point être couché au sol.

Gaitelgrime avait peut-être raison, ils périraient tous un jour ou l'autre, emportés par la marée.

L'ancien secoua la tête, mécontent de lui-même, et releva une gamine qui avait trébuché à ses côtés, la poussant vers sa mère trop chargée pour la tenir.

Il se dirigea vers les maisons, surveillant les derniers travaux, faisant reclouer ici ou là une porte ou un volet mal joints, refaire un nœud qui ne tenait pas. Vérifiant l'arrimage des filets de toiture, bousculant un jeune gaillard qui n'avait pas même commencé à faire évacuer sa femme et son nouveau-né.

39

Quand Rurik s'éveilla, il regarda autour de lui sans trop savoir où il était. Un pâle soleil filtrait au travers du volet fermé de l'unique fenêtre. La grande pièce était vide et silencieuse. Peu à peu lui revenaient les souvenirs des jours précédents, des visions effrayantes comme celles d'un cauchemar… mais non, c'était la réalité, se dit-il, et la réalité c'est comme le harpon qu'on lance et que nul ne peut plus arrêter.

Le jeune homme étira ses membres douloureux et se mit debout péniblement.

« Je me suis pris à mon propre piège, songea-t-il. Il faut que je m'enfuie, sinon les autres vont venir me cueillir. »

Il pensa soudain à Mabille, où était-elle passée et pouvait-il lui faire confiance ?

Sur la table, non loin du lit, il vit un pichet et un paquet noué dans un linge blanc. Il l'ouvrit et y trouva du pain, du lard et un petit fromage recouvert de paille

Il s'aperçut qu'il mourait de faim, s'attabla et se jeta sur la nourriture qui disparut en un clin d'œil.

Il alla ensuite à la bassine pleine d'eau qui se trouvait sur un escabeau près de la fenêtre et arracha d'un coup sa chainse déchirée ainsi que les restes de mousse et d'herbes qui collaient encore à ses plaies. Il commençait à se laver quand Mabille entra dans la chambre.

Rurik se tourna vers elle et les deux jeunes gens restèrent un long moment à se regarder en silence.

Enfin, le Danois dit d'une voix mal assurée :

– Mabille, peux-tu me dire ce que tout ça signifie et pourquoi tu es ici comme chez toi ?

La jeune fille lui adressa un joli sourire et cela lui fit penser aux temps pas si lointains où il se croyait invincible et heureux.

– Tenez, dit-elle en lui tendant une chainse propre, elle appartenait à l'oncle d'Edel, lorsqu'il était encore de ce monde. Elle devrait vous aller !

Elle alla s'asseoir tranquillement sur un escabeau et lui continua de parler, tout en enfilant la chainse avec délices :

– Et, en plus, te voilà apprêtée comme une princesse, toi qui n'avais même pas chaussure au pied !

Mabille dit lentement, en s'efforçant de maîtriser le tremblement de sa voix :

– N'est-ce pas, messire, pourquoi une pauvre fille de laboureur aurait-elle le droit d'être mise proprement ?

– Non, non, dit vivement Rurik, pardonne-moi, tu sais tu es très jolie comme ça.

– Parce qu'avant, j'étais très vilaine ?

Le jeune Danois baissa les yeux, ne sachant trop que répondre, il grommela :

– Vous, les femmes, avec votre langue pointue !

Mabille se sentit flattée, il la prenait donc pour une femme. C'était bien la première fois que quelqu'un la prenait pour autre chose qu'une gamine.

– Bon, dit-elle d'un air important, c'est très simple au fond. D'abord, j'ai été malade et les moines m'ont gardée à la maladrerie, ensuite le chevalier m'a ramenée chez mes parents. Puis, le chevalier a dit que la tante d'Edel, qui est impotente, ne pouvait demeurer seule dans cette grande maison loin de tout, et que ce serait bien si je m'occupais d'elle et que cela ferait des sous pour ma famille. J'étais contente parce que tante Arda est très bonne. Elle ne marche plus guère, elle n'entend plus mais elle a une vue perçante et fait de la broderie pour les prêtres et aussi pour décorer les lieux saints. Elle a même dit que si je voulais, elle m'apprendrait parce qu'Edel ça ne l'intéressait pas... enfin, bon, c'est ainsi qu'elle gagne son pain et qu'elle entretenait sa nièce comme elle pouvait.

– Comme elle pouvait, comme elle pouvait, l'interrompit Rurik en promenant son regard autour de la grande chambre, plutôt bien, il me semble. Et maintenant, c'est toi qui demeure ici ?

– Oui, cela fait plaisir à dame Arda que quelqu'un profite de cet endroit.

– Et c'est là que tu prends de quoi t'habiller ? dit le Danois en désignant un grand coffre sculpté non loin du lit.

La petite rougit, baissant la tête.

– Oh non, dit-elle, mes vêtements sont bien à moi et je ne voudrais jamais toucher aux affaires d'Edel, non, ça jamais !

– Et pourquoi ?

Mabille demeura sans parler, les joues en feu, et pourtant, la langue lui démangeait.

Un moment, les jeunes gens sentirent entre eux comme une présence, la présence d'Edel, puis l'impression se dissipa et Rurik vint s'asseoir près de Mabille.

– As-tu dit à dame Arda que j'étais ici ? demanda-t-il.

– Non, bien sûr que non, je ne l'ai dit à personne et d'ailleurs je n'ai vu âme qui vive.

– Mais il va bientôt falloir que vous partiez vous réfugier à l'abbaye, comme les autres, rétorqua Rurik, songeur. Tu n'as donc pas été au village ?

– Ça non, seulement hier, avec le chevalier, avant que vous veniez. Et puis, pour la grande marée, Drogtegand a dit qu'il viendrait nous chercher, Arda et moi. La maison est moins exposée que celles du hameau. Tante m'a dit qu'elle n'avait jamais eu a souffrir des marées.

– Et hier, comment c'était au village ? demanda Rurik. Ils parlaient de moi, ils me cherchaient ?

Elle étouffa un petit rire nerveux.

– Non, messire, ils étaient occupés ailleurs avec la procession et la grande marée qui arrive et puis je crois que vous les avez dégoûtés ! Mon cousin Landric, le premier, il disait que vous auriez pu le tuer, lui et ses hommes, et que vous ne l'avez point fait. Plusieurs paysans sont revenus de la forêt dans un état à faire pitié. Mais celui qui était content, c'était Drogtegand, il se frottait les mains et je crois bien qu'il riait dans sa grande barbe !

– Je n'ai donc pas que des ennemis ! soupira Rurik.

– Le chevalier n'est pas votre ennemi non plus, dit fermement la petite.

– Le chevalier, le chevalier, qui est-ce ?

– C'est messire Galeran et moi, il me plaît beaucoup. Il loge à l'abbaye et je ne sais trop ce qu'il fait là. Il s'entend bien avec un drôle de petit moine qui a le poil rouge.

Mabille s'obligea à regarder Rurik bien en face. Le sang semblait s'être retiré du visage du jeune homme et ses yeux étaient fiévreux.

Au bout d'un moment, elle murmura :

– Mais pourquoi Rurik, pourquoi ne pas vous être enfui ? Vous le pouviez pourtant. Les villageois sont des balourds qui ne connaissent pas la forêt lointaine comme vous !

– Je le sais, Mabille, je ne le sais que trop bien, mais tu connais la devise de ma race : « *Rien n'est jamais fini, tant que justice n'est point faite.* »

– Vous voulez venger Edel au péril de votre vie, n'est-ce pas ?

Puis elle ajouta à mi-voix :

– Parce que vous l'aimez toujours.

– Est-ce que je l'aimais ? dit-il avec une grande tristesse. Elle a violé tous ses serments de fidélité, elle était parjure et se jouait de moi et moi, j'ai levé la main sur elle.

Mabille se mit debout sans dire un mot. Elle alla à la table et commença à ranger les restes du repas dans le linge. Elle savait trop de choses, mais fallait-il rompre le silence et trahir les secrets de celle qui avait été sa seule amie ?

Elle se contenta de dire d'une voix lasse :

– Il faut que j'aille à mon service maintenant, tante Arda m'attend. N'ayez crainte, elle ne viendra pas dans cette pièce, elle lui rappelle trop de choses. Ici, vous êtes en sécurité, personne ne pourra penser que vous êtes là. Et puis, les gens finiront bien par se lasser et peut-être trouvera-t-on celui qui a tué ?

Il lui prit le poignet et leva vers elle son regard transparent :

– Mabille, pourquoi fais-tu cela pour moi ?

– Que voulez-vous dire ?

– Pourquoi me viens-tu en aide ?

Elle lui enleva brusquement sa main.

– Parce que je suis bête ! dit-elle et elle sortit de la chambre en claquant la porte.

40

– Je suis bête, répéta Mabille, adossée à la porte qu'elle venait de refermer sur elle.

Sous un aspect un peu frustre, la jeune fille dissimulait, en réalité, une volonté et une intelligence peu communes.

« Au fond, se dit-elle, je suis peut-être en train de protéger un meurtrier, car enfin, je n'ai que la parole de Rurik et il a tout intérêt, pour le moment, à me cacher la vérité. Quand j'y pense, c'est un violent et il était bien le mieux placé pour s'en prendre à ma pauvre Edel.

» Tout ça ne peut durer, Rurik doit partir… mais si il part, si il part… »

La petite baissa la tête et se mit à sangloter silencieusement et puis les mots qu'elle ne voulait pas prononcer lui vinrent aux lèvres :

– Tu es comme un conil, ma pauvre fille, la tête dans ton terrier. La vérité vraie, c'est que la vie de

Rurik dépend de toi et de ce que tu vas faire.

Mabille se reprit, serra autour d'elle son grand châle et alla trouver dame Arda. Celle-ci, comme à son habitude, était installée devant la fenêtre de la grande salle et occupée à broder. Mabille la toucha à l'épaule et la vieille dame, levant la tête, lui sourit.

– Ma petite, je ne t'ai point entendue venir, on dirait, ma foi, que je deviens sourde.

Mabille réprima un rire nerveux. « Pauvre femme, pour être sourde, tu l'es », pensa-t-elle.

– Dis-moi, continua dame Arda, tu as fait de l'herbe pour les lapins et as-tu donné à manger aux poules ?

La petite acquiesça d'un vigoureux signe de tête.

La vieille dame lui souriait toujours mais ses yeux étaient tristes.

– Tu es gentille, tu sais. Je suis tranquille depuis que tu es là. Ça ne fait pas longtemps, mais je n'ai jamais été aussi tranquille. Mais, tiens, regarde ce qu'il y a sur la table.

La petite vit un paquet enveloppé dans un linge. La vieille dame poursuivit :

– J'aimerais que tu portes cela tout de suite à l'abbaye. Tu n'auras qu'à donner le paquet au vieux Tancard, le portier, tu le connais ?

– Bien sûr, dame Arda, tout le monde le connaît ! hurla Mabille.

– Vas-y maintenant, poursuivit la vieille femme qui n'avait rien entendu, c'est une offrande pour notre saint patron, pour qu'il nous protège en ces jours de marée.

Mabille se saisit du paquet qui n'était pas bien lourd, elle grimaça un petit sourire. « Le sort en est jeté », songea-t-elle.

41

Le temps s'était gâté et de gros nuages noirs accouraient de l'horizon, poussés par le vent d'orage.

Mabille se dit qu'il fallait qu'elle presse le pas si elle ne voulait pas être trempée par l'averse et c'est presque en courant qu'elle grimpa le chemin blanc de l'abbaye, se frayant un passage au milieu des chariots et des habitants qui venaient se réfugier dans l'enceinte fortifiée.

Au monastère, les religieux avaient fort à faire. Le père cellérier aidé de quelques villageois s'était placé à la grande porte, orientant les nouveaux venus du mieux qu'il pouvait.

Tout en s'excusant, Mabille se glissa entre les gens et arriva toute essoufflée à la loge du gardien. Elle fut un peu étonnée de ne pas le voir, comme d'ordinaire, sur le pas de sa porte en train de surveiller les allées et venues, surtout un jour comme celui-là.

Elle s'arrêta un instant, un peu embarrassée. Puis, la petite porte fut ouverte et elle vit sortir un gros moine qui vint se planter devant elle.

– Que le Seigneur te bénisse, mon enfant ! dit-il en la toisant des pieds à la tête de dessous sa capuche. Puis-je t'être utile à quelque chose ?

– Ça oui, mon père, dit Mabille, j'ai là une offrande pour saint Philibert et dame Arda, ma maîtresse, m'a dit de la donner à Tancard.

Le moine eut un petit mouvement de recul et hocha la tête à plusieurs reprises :

– Tancard, Tancard, marmonna-t-il, Dieu ait son âme !

Toute surprise, un peu effrayée, Mabille murmura :

– Que voulez-vous dire, mon père, est-ce qu'il n'est plus de ce monde ?

Le moine inclina la tête :

– C'est cela, petite, le Seigneur l'a rappelé à lui.

– Et quelqu'un l'y a beaucoup aidé ! dit une voix claire, derrière la jeune fille.

Mabille se retourna. Le chevalier se tenait devant elle, la regardant avec sévérité :

– Eh oui, ma petite, dit-il rudement, il n'y a pas qu'Edel. Quelqu'un a profité du désordre créé par la procession pour entrer ici et égorger tranquillement le vieux Tancard comme on égorge un pourceau… C'était facile, l'abbaye était quasiment déserte pendant la bénédiction du fleuve.

Mabille était devenue livide et demeurait silencieuse, les yeux baissés.

Le chevalier s'avança vers elle et lui prit fermement le bras :

– Maintenant, dit-il en l'entraînant sur le chemin, tu comprends j'espère que ce nouveau crime aurait pu être évité si seulement tu t'étais confiée à moi, l'autre jour, à la maladrerie… et surtout pas de grimaces ! ajouta-t-il en la voyant prête à pleurer.

Elle ravala ses larmes et murmura d'une voix tremblante :

– À présent, je vous dirai tout !

42

Comme Rurik la nuit précédente, le meurtrier s'était dissimulé dans la houssaie parmi les grands arbustes aux feuilles luisantes.

De là, il voyait parfaitement la vieille tante Arda, penchée sur son ouvrage derrière la fenêtre ouverte.

Un peu plus tôt il avait aperçu, dans la lumière pâle du petit matin, Mabille qui se hâtait de cueillir de l'herbe pour les lapins sur le bord du chemin.

Il s'était avancé de quelques pas. Pourquoi pas maintenant ? s'était-il demandé avec impatience en frottant nerveusement ses mains sur ses braies.

Il était sur le point de s'élancer quand il vit à temps un jeune rustaud qui cheminait sur la route en poussant devant lui un mulet chargé de fagots.

Avec un grognement de rage, le meurtrier s'était à nouveau caché. Il entendit prime sonner au loin dans les tours de l'abbaye et se sentit tout à coup indécis.

Devait-il entrer dans la maison de la veuve et saisir la petite au nid ou bien attendre qu'elle sorte à nouveau pour la tuer proprement ?

Il soupira. Il avait hâte d'en finir et de voir son avenir enfin débarrassé de tout ce qui pour l'instant le menaçait encore.

Tout à ses pensées, il ne cessait pas, pour autant, d'observer la façade délabrée de la grande demeure.

Jusque-là, la chance l'avait favorisé. Même le meurtre du vieux Tancard s'était déroulé avec une facilité déconcertante. La vieille vermine avait regardé le coutel bien aiguisé avec ahurissement. Il n'avait pas même poussé un cri quand il l'avait saigné de la belle façon.

– La curiosité est un vilain défaut, ricana le tueur. Toujours en train d'espionner, ce vieux ladre, et avec ça, la langue trop bien pendue, à passer son temps à déblatérer. Comme ça, il a appris d'un coup à respecter la règle du silence !

L'homme en riait encore en contemplant longuement ses mains. Il avait eu du mal à les décrasser et à chasser l'odeur. Le vieux s'était vidé comme un porc quand il l'avait saigné.

Cette brève minute d'inattention devait être fatale au tueur. Quand il releva la tête, il aperçut Mabille qui courait sur la route, un paquet à la main.

Déconcerté, il se dit qu'il avait le temps de rattraper la jeune fille avant les premières maisons du bourg. Après tout, la route était bordée d'épais taillis et il serait facile d'y entraîner Mabille et de lui faire son affaire à l'abri des regards... oui, ce serait aussi facile que pour cette garce d'Edel...

Seulement voilà, il entendait au loin comme un roulement. Ce n'était pas encore l'orage, mais une mauvaise charrette surchargée de fourrage. Perché sur les ridelles, un jeune gars houspillait un vieux cheval rétif. Quand il croisa Mabille, il se fendit d'un grand sourire et lui adressa une plaisanterie que le tueur n'entendit point.

La charrette passa tranquillement à deux pas de la houssaie. Quand l'assassin se redressa de derrière les arbustes, il était trop tard. La route était vide et il ne vit plus Mabille qui avait déjà disparu derrière les premières maisons du hameau.

Dépité, il s'accroupit à nouveau et demeura ainsi un bon moment à réfléchir.

C'était la première fois, songeait-il, que ses plans

échouaient. Il leva les yeux vers le ciel chargé de nuages menaçants. Devait-il attendre le retour de Mabille ? Mais il ignorait pour combien de temps elle était partie, cela risquait d'être long. Certes, il avait appris au village qu'elle demeurait chez la veuve Arda, mais avec la marée, on ne pouvait jurer de rien. La petite pouvait très bien vouloir rester avec sa parentèle, et les rejoindre dans leur cahute, tout près des levées de terre.

Au bout d'un long temps, il décida qu'avec Mabille ce n'était que partie remise et qu'il avait autre chose à faire. La veuve était seule et n'était plus à sa fenêtre. Le moment était propice. Il se redressa tranquillement, traversa la route enfin déserte et contourna la grande maison. En sifflotant, il s'approcha de la fenêtre de la chambre d'Edel.

Le volet était fermé mais il vit que le loquet intérieur n'avait pas été poussé.

« C'est trop facile décidément », grogna-t-il, reprenant confiance en lui.

Il repoussa doucement le volet et pénétra dans la maison.

« Finalement, ce n'était pas plus mal. La veuve était sourde comme un pot, quant à l'autre petite bécasse, elle ne perdrait rien pour attendre. »

Après avoir jeté une bref coup d'œil autour de lui et constaté que la pièce était vide, il se dirigea avec impatience vers le grand coffre d'Edel.

Il le poussa, non sans mal, vers le milieu de la chambre et s'agenouilla devant. Il y eut un bruit de serrure et le couvercle fut levé. L'homme rejeta, sans ménagement, quantité de robes multicolores, de manteaux, de coiffes, de jupons…

Et enfin, apparurent des bracelets, des colliers précieux, un hanap et de la vaisselle d'argent et même, une poignée de glaive finement ciselée.

Le meurtrier saisit d'une main tremblante un petit coffret, qu'il ouvrit. Il était plein de markas d'argent.

43

– Tu fais la prière des morts, maraud ? Voilà, en tout cas, un funèbre trésor ! tonna derrière lui une voix qu'il connaissait bien.

Stupéfait, le meurtrier tourna lentement la tête et se trouva à genoux devant Rurik, qui jusque-là s'était tenu caché derrière les rideaux du lit.

Le Danois dominait le misérable de sa haute stature. Soudain, il éclata d'un rire inattendu :

– On dit ici que mon peuple est un peuple de pillards et de tueurs, mais toi, charogne, tu me sembles appartenir à une autre race, celle des pieds cornus qui ne se battent pas à visage découvert !

L'assassin s'était redressé avec une souplesse inquiétante et maintenant faisait face au Danois :

– Que me chantes-tu là et d'abord, que fais-tu dans la chambre d'Edel, dans son lit ? dit-il avec insolence.

Ce fut de sa part une erreur, car au seul nom d'Edel, une fureur incontrôlable s'empara du jeune Rurik.

Il se rua sur l'autre avec une violence inouïe, le souleva à bout de bras au-dessus de sa tête et le projeta contre le mur.

L'homme alla s'y écraser avec un bruit horrible et retomba sur le sol comme un pantin.

Tremblant de rage, le viking allait l'achever à coups de poings quand une voix fluette le figea sur place :

– Voyons, Rurik, le royaume de Dieu appartient aux doux et aux miséricordieux !

Le Danois vit alors Odon, le vieux Drogtegand et le chevalier. Ils étaient dehors, accoudés à la fenêtre de la chambre comme au spectacle.

Mabille, toute pâle, se tenait dans le pré, derrière les trois hommes.

Galeran le premier enjamba la fenêtre et s'approcha de l'assassin, toujours effondré au pied du mur. Il posa le bout de ses doigts sur son cou. L'homme était toujours vivant.

– Par ma foi, Rurik, dit-il en hochant la tête, pour un beau lancer, c'était un beau lancer ! On voit que vous avez l'habitude du harpon.

Le jeune Danois, un peu calmé, ne put s'empêcher de sourire.

Peu à peu, le tueur reprenait ses esprits et contemplait le chevalier d'un air ahuri.

Le vieux Drogtegand alla s'asseoir sur un faudesteuil avec autant de solennité qu'un roi. Le petit moine au poil roux s'installa modestement sur un banc où Rurik vint le rejoindre.

Quant à Mabille, elle resta dehors.

– On dirait bien que voilà la fin de ton histoire, Roderic, soupira le chevalier en se penchant sur le promis d'Edel.

Puis il se tourna vers Drogtegand et le Danois qui le regardaient d'un air interrogateur.

– Au début, tout était simple, voyez-vous, dit-il

comme pour répondre à leur attente. Frère Odon et moi-même avions une mission à remplir. Nous devions nous enquérir de l'état de l'abbaye. En effet, depuis longtemps déjà, monseigneur Arnulphe, évêque de Lisieux, recevait des plaintes et des renseignements alarmants en provenance de Jumièges.

» L'abbaye soi-disant n'était plus gouvernée et s'en allait à vau-l'eau. Chacun en prenait à son aise et menait sa vie à sa guise, sans plus se préoccuper de la sainte règle. Je n'insisterai pas sur ce qui doit demeurer secret d'église. Mais cette enquête, notre frère Odon l'a menée de main de maître *intra-muros*, si je puis dire, affirma Galeran en se tournant vers le religieux qui ne réagit pas.

Assis au bout du banc, près du grand Danois, il était visiblement ailleurs. Le chevalier eut un petit sourire et poursuivit :

– Seulement voilà, le désordre intérieur de l'abbaye n'était pas sans conséquences extérieures. Souvenez-vous de l'évêque Gerbold qui, un jour, jeta par dégoût son anneau épiscopal dans une rivière. Ce geste fut, dit-on, la cause d'une épouvantable épidémie de peste... jusqu'à ce qu'un pêcheur retrouve l'anneau dans le ventre d'un poisson et le rapporte à l'évêque qui comprit alors la terrible leçon divine.

» C'est un peu ce qui est arrivé ici par la faiblesse d'un seul, que je ne nommerai point. Peu à peu, en ce lieu où plus personne ne gouvernait, les relations fraternelles sont devenues connivences, corruptions, petits méfaits et autres maux, en attendant des forfaits plus abominables encore.

» Un jeune seigneur corrompu, un sacristain pervers

et bientôt la malheureuse Edel que l'on retrouve éventrée dans les bois près de la maladrerie…

À ces mots, on entendit un gémissement étouffé. C'était Rurik, le visage crispé, lourd de menaces.

– La question qui se posait alors était simple, poursuivit le chevalier. Qui était vraiment Edel ? Une fille écervelée qui, comme elle en avait l'air, voulait jouir impunément de sa beauté et de sa jeunesse ? Seulement tout de suite, sa parure me sembla bien riche pour être celle de la nièce d'une simple brodeuse. Manifestement, notre Edel était loin d'être désintéressée et devait tirer profit de ses charmes. Dès lors, l'enquête se compliquait, le nombre de ses amants devait être élevé, il fallait aussi qu'ils aient les moyens de la payer grassement, ce qui n'était point dans les possibilités, ni dans les goûts de nos paysans.

» Je pensais encore une fois au sacristain qui dérobait le bien des morts et à son frère, l'arrogant fils de Clères, pourri de dettes… mais je pensais surtout à toi, Roderic, toi qui prétendais être le promis d'Edel. Étais-tu benêt à ce point ? Dans tout cela, il y avait quelque chose d'invraisemblable parce que des crapules de ton espèce, on ne s'attend pas à les rencontrer dans une abbaye au fin fond de la Normandie.

» D'ordinaire, ils fourmillent la nuit dans les ruelles sombres et puantes des villes, dans les coupe-gorge et les cours de grande truanderie… et, en général, ils finissent au gibet !

Le palefrenier se redressa sous l'injure. Visiblement, il reprenait de l'assurance :

– Parce que vous croyez que cette puterele d'Edel n'y était pour rien dans tout ça ?

Le Danois voulut se jeter sur lui, mais Drogtegand le retint d'un geste.

Le chevalier continua implacablement :

– Vois-tu, Roderic, tu as commis à mes yeux une première et grave erreur en restant aux écuries de l'abbaye, alors qu'à cause de toi et de ton intervention à l'assemblée, les hommes valides s'étaient jetés à la poursuite de Rurik. Quoi ? Tu restais là à t'occuper tranquillement des chevaux, toi qui auparavant en étais venu aux mains et avais accusé publiquement le Danois du meurtre d'Edel !

» Toi qui prétendais qu'Edel était aussi blanche que la colombe, toi qui semblais, à ce moment-là, avide de vengeance ! Te voilà brusquement calmé et comme indifférent. J'ai compris alors, que sur la place du village, tu avais joué une sacrée comédie. Tu entrais, devant tous, dans ton rôle d'amoureux transi et un peu nigaud et chacun pensait à un affrontement entre mâles désirant la même femme. Et sans cesse, tu ramenais avec habileté les témoins vers cette idée-là.

» Sans Mabille, qui avait reçu d'Edel quelques confidences, je n'aurais pu obtenir confirmation de ce que je pressentais depuis longtemps.

Le chevalier s'approcha alors du coffre ouvert et en tira un long voile de batiste, brodé de besants dorés.

– Oh, la ravissante Edel connaissait tous les gestes, les regards provocants ou langoureux, elle savait jouer de ses jolies hanches… mais elle n'était, comme cette parure, qu'un leurre, un appât délicieux grâce auquel, toi le palefrenier, tu pouvais exercer ton fructueux commerce.

» Je le répète, il s'agit là d'une vieille industrie et votre association fonctionnait à merveille. Edel compromettait notables, hommes mariés ou moines qui tous, ensuite, devaient bon gré, mal gré, acheter le silence du fiancé bafoué !

Désignant le grand coffre, Galeran ajouta :

– Ici, se trouve le bien des morts, arraché par le sacristain à des mesnies en deuil... de la vaisselle dérobée, des markas volés par un jeune seigneur à son père mourant...

– Et qu'est-ce que j'en ai à faire de ce que raconte cette garce de Mabille ? Qu'est-ce que ça prouve, sinon qu'Edel était une catin qui savait tromper son monde ? Le coffre c'est pas moi qui l'avais, c'est bien elle ! cracha le palefrenier.

– Mais si, mon ami, tu en as à faire, dit le chevalier avec un sourire féroce, parce qu'un jour, la jolie Edel a décidé d'aller exercer ailleurs ses petits talents et de se passer de ton encombrante personne.

» Elle a jeté son dévolu sur Rurik, s'est mis en tête de l'épouser secrètement car elle craignait ta fureur et enfin, de fuir avec son nouveau protecteur, en emportant le magot.

» Le soir de la ripaille, lorsque tu m'as quitté, ce n'était pas, comme je le croyais, pour cacher ton chagrin, mais bien, après les provocations d'Edel, pour la suivre et assouvir ta vengeance. C'est donc toi qui plus tard guetteras le jeune couple par le volet entrouvert, laissant d'étranges empreintes le long du mur.

– J'avais entendu comme un bruit de pas dehors, murmura Rurik et je suis sorti, la laissant seule... quand je suis revenu, elle n'était plus là et je suis parti à sa recherche.

– Oui, reprit le chevalier, quand Rurik est sorti de sa maison, tu y es entré à ton tour et tu as entraîné la malheureuse au-dehors. As-tu essayé de la persuader de rester avec toi, te résista-t-elle ? En tout cas, tu l'as tuée, et affolé à la pensée des soupçons qui ne manqueraient pas de peser sur toi, le promis bafoué, tu t'es livré à un horrible rituel.

» Ainsi, on accuserait ce sauvage de viking ou encore le loup vert... car tu avais pensé à ce malheureux Jendeus, qui s'était réfugié en l'abbaye. Pour tous ces gens superstitieux, il deviendrait le *gare lou* !

» Mais il faut en venir à ton second crime inexpiable, le meurtre de ton propre père, le brave et honnête Tancard !

» Certes, depuis toujours, tu le hais et le méprises, parce qu'il se satisfait, comme ses parents avant lui, de sa modeste charge. Toi, tu nourris d'autres ambitions, tu veux échapper à ta condition de palefrenier et nous savons maintenant par quels moyens !

» Mais, plus grave encore, ton père, de par son métier, était un observateur remarquable, auquel rien n'échappait. Tes allées et venues, ton arrogance vis-à-vis du sacristain et de quelques autres l'ont, à la longue, intrigué et il t'a alors tenu à l'œil. Il avait ainsi très vite deviné la nature douteuse de tes relations avec Edel, qu'il considérait comme une fille éhontée.

» Quand il a appris sa mort, il a tout de suite pensé que tu étais le coupable. Il te l'a dit et tu n'as pas hésité, tu l'as réduit au silence. Mabille qui avait été la confidente de la malheureuse Edel, aurait sans doute été ta prochaine victime...

Emportés par le discours du chevalier, ses compagnons ne prêtaient plus guère attention au palefrenier qui s'était remis debout.

D'un bond imprévisible, Roderic courut à la fenêtre

ouverte et sauta souplement par-dessus l'appui. Avant que quiconque ait pu réagir, il avait parcouru les quelques enjambées qui le séparaient de Mabille.

La petite essaya bien de s'échapper, mais il la saisit et la plaqua avec violence contre lui. Tourné vers la fenêtre, il hurla, tout en passant sous le menton de Mabille un coutel qu'il sortit de sa botte :

– Ne bougez pas, vous autres, ou je lui tranche le col comme à un conil !

Galeran jura, maudissant sa distraction. Rurik, blanc de rage, ne quittait pas des yeux le couple enlacé, de l'autre côté de la fenêtre.

La petite ne bougeait plus, immobilisée par le bras de l'assassin. Son cœur battant à se rompre, elle sentait que tout serait bientôt fini et ferma les yeux. Ce fauve allait la saigner comme il l'avait fait pour Edel et pour Tancard. Roderic resserra son étreinte, Mabille ouvrit la bouche, le souffle lui manquait.

Le chevalier fut le premier à reprendre ses esprits, il s'approcha de la fenêtre et tout en retenant Rurik, il cria :

– Roderic, arrête ça ! D'homme à homme, je te propose un marché.

– Lequel, messire ? cracha l'autre.

– Je te jure, sur mon honneur de chevalier, de rester ici avec les autres jusqu'à ce que tu te sois ensauvé. Tu entends, Roderic ?

Derrière le chevalier, le Danois eut un grondement furieux.

– J'entends, répondit le palefrenier sans relâcher son étreinte.

– Avec la marée qui arrive et la cohue qu'il y a partout sur la presqu'île, tu as une chance de t'en tirer…

– Et en échange, que dois-je faire ?

– Tu lâches doucement cette gamine qui te gênerait dans ta fuite et qui, morte, ne pourrait qu'accroître notre haine à ton égard ! Si tu la tues, tu es un homme mort, Roderic ! Si je n'arrive à t'avoir, Rurik te fera rendre gorge et je ne serai pas là pour l'arrêter et si ce n'est lui, ce seront les hommes de Drogtegand ! Tu sais, tous ces hommes dont tu t'es joué si longtemps, tous ceux que tu as pillés et volés. Alors que décides-tu ?

La mine sombre, le jeune palefrenier réfléchissait. Au bout d'un moment, il demanda :

– Vous avez votre bourse, messire ?

– Oui-da.

– Alors remplissez-la avec tout l'argent que vous pourrez trouver dans le coffre et envoyez-la-moi.

Galeran s'exécuta et lança la bourse qui alla s'écraser au pied des jeunes gens.

– Bien, et maintenant, que les autres aillent au fond de la chambre, quant à vous, messire, fermez le volet avec le loquet intérieur !

– Lâche la petite d'abord, dit Galeran sèchement et je tirerai le volet.

– J'ai votre parole, messire ?

– Tu l'as, gronda le chevalier, mais n'en abuse point, Roderic. Ma patience a des limites et celle de mes amis aussi.

L'autre grommela puis, d'un coup de poing rageur, poussa brutalement Mabille qui trébucha et partit en courant vers la maison. Elle enjamba maladroitement l'appui de la fenêtre, tombant dans les bras du Danois qui la souleva et la porta sur le faudesteuil où il la fit asseoir. Mabille poussa un drôle de soupir et se mit à claquer des dents, la pièce tournait lentement autour d'elle. Voyant cela, le vieux Drogtegand écarta Rurik et, tout en la maintenant par les épaules, lui fit boire un peu de l'hypocras qu'il gardait dans une calebasse à sa ceinture.

En tirant le volet, Galeran avait eu le temps de voir le palefrenier se saisir en hâte de l'argent et partir en courant vers le hameau.

44

L'hôtellerie de l'abbaye était déjà pleine, Onfroi le cellérier y avait fait installer les femmes, les vieillards et les malades, en tout, déjà presque une soixantaine de villageois qui se pressaient en criant, jetant leurs baluchons sur les paillasses, donnant à manger aux enfançons, s'installant du mieux qu'ils pouvaient.

Il y avait du monde partout. Quelques pèlerins s'étaient glissés dans les étables, se couchant dans la paille à côté des bêtes. Dès l'aube, l'abbé avait fait monter contre le mur d'enceinte des abris de bâches et de planches pour abriter des habitants de Heurteauville. Ce matin-là, l'abbaye tout entière ressemblait à une ville assiégée.

Et, comme dans les grandes batailles, l'ennemi approchait, le grand fleuve se creusait sous la houle, des vagues venaient frapper les embarcadères et les pontons déserts.

De violentes rafales ébranlaient les hautes flèches de Notre-Dame dont les lourdes cloches continuaient à sonner le tocsin.

La foule se bousculait dans la basilique et dans

l'église Saint-Pierre pour entendre l'office de sexte. L'agitation était telle que les moines durent se frayer un chemin par la force, calmant ainsi les plus récalcitrants de leurs fidèles.

L'abbé Eustache se hissa sur l'estrade et, se tenant face à l'autel, écarta les bras en signe d'apaisement et de prière. Au même moment, le tocsin se tut et le silence se fit, troublé seulement par les grincements de la toiture et la pluie qui tombait sur le dallage de pierre. La sonnerie de sexte retentit.

Aux portes de Jumièges l'Aumônier se pressaient les derniers réfugiés. En ce jour terrible, les hommes se mirent à prier avec ferveur, car la foi, dit-on, commence souvent par la terreur…

45

La pluie attaquait en rafales avec une violence surprenante… en quelques instants, des trombes d'eau se déversèrent sur la presqu'île, noyant les potagers, faisant déborder les viviers, arrachant les branches des arbres, et dévalant en torrent le long des toits et des ruelles en pente.

Une puissante odeur de marée flottait dans l'air.

La grande vague avait passé Tancarville et approchait de Caudebec, charriant une eau boueuse, submergeant les berges, engloutissant les champs et les bois.

Roderic avait repris sa course et se dirigeait maintenant vers le Conihout, luttant contre le vent qui avait la force d'une bête enragée.

Son premier réflexe avait été de courir jusqu'au village pour se mêler aux retardataires et gagner la route menant au Trait, puis à Saint-Wandrille.

Seulement, il n'y avait plus personne. Il s'était glissé prudemment le long des ruelles inondées de purin, mais tout était désert. Il respira un grand coup, observant les chaumières aux volets clos, les planches clouées devant les portes. Il ne pouvait pas même s'abriter dans une maison.

Un bruit de voix le fit sursauter, il se cacha dans une encoignure et vit passer Drogtegand, Mabille soutenant la vieille Arda et le petit moine roux, qui remontaient péniblement vers l'abbaye.

Pas de trace du chevalier, ni du Danois. Ces deux-là devaient déjà s'être lancés sur sa piste. Le jeune homme eut un haut-le-cœur, il lui fallait faire vite. Ni l'ancien ni le chevalier n'étaient des naïfs. Dans peu de temps, les routes seraient barrées et lui, Roderic, serait prisonnier de la presqu'île, si ce n'était déjà fait.

Un rictus mauvais déforma les lèvres du jeune homme : « Ils m'ont menti, je suis pris comme un poisson dans sa nasse ! Et puis, il y a Rurik, songea-t-il en jetant un coup d'œil inquiet autour de lui. Ce maraud-là veut ma dépouille et il est fin chasseur. Il n'y a plus qu'une solution, aller vers le fleuve, là où personne ne songera à me venir chercher. »

Roderic entendit l'écho lointain de l'office de sexte, au milieu du vacarme qui lui rompait les oreilles. Il se remit à courir, il était encore loin de la rive quand les torrents d'eau redoublèrent de puissance.

Tout s'obscurcit soudain, il n'y voyait plus goutte et même les arbres les plus proches disparaissaient derrière un rideau grisâtre. L'assassin essaya de reprendre sa course, mais trébucha sur une souche et s'étala. La pluie le frappait sans relâche. De sa vie, il n'avait vu pareil déluge, c'était comme s'il nageait sous une eau trouble. Il se redressa et se glissa à tâtons au pied d'un arbre où il se recroquevilla, posant ses bras sur sa tête pour se protéger. L'eau et le vent hachaient les feuillages au-dessus de lui, lui fouaillant la nuque, glissant dans sa cotte.

Un long moment passa ainsi, puis la tempête se calma peu à peu, avant de s'arrêter net.

Roderic leva la tête et rendit de l'eau comme un noyé. Essuyant maladroitement ses yeux avec sa manche mouillée, il se releva en tremblant et regarda autour de lui, tendant l'oreille.

Il n'y avait plus aucun bruit. Il régnait même un silence anormal. Un de ces silences inhabituels, angoissants comme un mauvais présage, où vous cherchez en vain l'écho de quelque chose, fût-ce de vos propres pas. Roderic secoua nerveusement la tête et frissonna.

Mais si, il entendait maintenant… c'était comme un grondement lointain qu'il ne parvenait à identifier, comme un puissant roulement de tonnerre qui se rapprochait, mais qui ne venait pas du ciel.

Ses yeux s'écarquillèrent. *C'était la Barre !* La Barre arrivait, la haute muraille liquide avait passé Caudebec et venait droit sur Jumièges !

46

Ainsi que l'avait deviné l'assassin, après un bref conciliabule avec Drogtegand et Odon, Galeran et Rurik s'étaient lancés sur sa piste.

Assis sur ses talons, le jeune Danois avait pris un peu d'humus entre ses doigts, puis était parti examiner la houssaie voisine. Quelques branchettes cassées, de la mousse froissée avaient suffi à le persuader que l'assassin s'était bien enfui vers le hameau. Mais il s'était mis à bruiner doucement et l'eau qui imbibait le sol avait fini par brouiller les quelques traces laissées par le palefrenier.

Comme ils ne trouvaient plus rien aux abords du village, Galeran avait demandé au jeune chasseur de s'arrêter un instant. Le chevalier semblait perplexe et, tout soudain, questionna le Danois :

– Rurik, que feriez-vous à sa place ?

Le jeune géant réfléchit et murmura :

– Je l'ignore, messire. Le maraud sait que nous sommes derrière lui, il peut essayer de gagner le Trait ou Duclair…

– Non, je ne crois pas. Cet homme-là est plus malin, il devine bien que les hommes de Drogtegand vont bientôt fermer la presqu'île. Alors…

– Alors ?

– Alors, ses crimes nous le montrent, le gaillard ne manque ni de témérité ni de réflexion. Je suis presque sûr qu'il va tenter de passer par la seule issue possible, la seule qui lui reste.

– Vous voulez dire… le fleuve ? Mais c'est impossible, c'est un homme d'ici, il sait bien qu'il ne pourra passer.

– Maintenant oui, mais dites-moi si je me trompe. Il n'y a pas une, mais deux vagues d'équinoxe. Si la première a lieu maintenant, au moment de l'office de sexte, la seconde se situera avant vigiles. Bien sûr, il pourrait tenter de passer en pleine nuit, avant la seconde marée, mais cela est par trop dangereux. En revanche, peu de temps après vigiles, se trouvera un moment plus propice à une éventuelle traversée du fleuve.

Le Danois souffla :

– Vous avez raison, messire, la Seine est plus calme à ce moment-là. Elle ne rencontre plus devant elle la poussée de la mer et paraît presque étale. Mais enfin, il fera encore nuit et même en se laissant dériver avec un canot, le fleuve va être encombré de débris de toutes sortes, de troncs d'arbres, de cadavres d'animaux…

Puis après un temps de réflexion, Rurik secoua la tête :

– Ce n'est pas de la témérité, messire, c'est de la folie, mais pour lui, se laisser reprendre serait tout aussi fou ! Il n'a pas le choix, vous pensez donc qu'il est descendu vers le fleuve ?

– Oui, tout simplement parce qu'il est sûr que nous ne l'y chercherons pas et il doit penser y trouver un abri lui permettant d'attendre le passage de la Barre. Vous l'avez dit, Rurik, c'est un enfant du pays, il croit pouvoir éviter les coins les plus dangereux. Réfléchissez, vous avez déjà passé quelque temps ici, deux ans, je crois. Y a-t-il un endroit où se réfugier pendant la grande marée ?

Le Danois soupira :

– Vous savez, messire, le seul lieu vraiment protégé, c'est le haut de la presqu'île et Jumièges.

Le jeune homme marqua un temps, puis poursuivit :

– La Terre Gémétique est un endroit étrange, savez-vous ? Ses forêts sont épaisses, ses marais giboyeux et… mortels, le fleuve est d'une grande beauté, il a la puissance et le mystère de ceux de mon pays et aussi leur redoutable violence. Imaginez, messire, que sur les deux rives, tout soit submergé quand vient la grande vague ! Et puis, cette marée-ci, d'après Drogtegand qui en a vu beaucoup, ressemble à celle des légendes de la vieille Gaitelgrime. L'ancien a vu les signes, et cela, j'en suis sûr, Roderic l'ignore !

Comme pour donner raison au jeune Danois, l'orage éclata à ce moment-là et la pluie se transforma en déluge.

Les deux hommes essayèrent en vain de se parler mais n'arrivaient à entendre autre chose que son martèlement continu sur leurs crânes et leurs épaules.

Attrapant le chevalier par la manche de son bliaud, Rurik l'entraîna vers un arbre tout proche. Les deux hommes détachèrent, en poussant moult jurons, un canot arrimé au tronc, et se glissèrent dessous pour attendre la fin de la bourrasque. Une fois à l'abri, le Danois récupéra la lourde corde qu'il enroula consciencieusement autour de son torse.

Pour les deux compagnons immobilisés, l'attente parut interminable et puis, soudain, le battement de la pluie sur la coque s'arrêta net.

47

Le noroît se déchaînait et soufflait en rafales violentes, arrachant, malgré les filets, des morceaux de chaumes aux toitures et cassant de lourdes branches qu'il projetait au loin.

Trempé jusqu'aux os, Roderic frissonna de peur ou de froid, il ne savait trop. Mais ce qu'il sentait c'est que le temps lui était compté. Enfant déjà, il avait appris que l'on entendait la Barre à deux lieues de distance et qu'elle se rapprochait à la vitesse d'un cheval au galop !

Il fallait qu'il avance coûte que coûte. Il se cramponna à la moindre aspérité, courbé contre le vent et s'approcha enfin de son but. Devant lui, se dessinaient les premières maisons du Conihout où il voulait trouver refuge. Il savait qu'on ne viendrait point le chercher là. C'était trop dangereux.

Il se souvenait, pour y avoir participé, que depuis les derniers travaux effectués sous la direction de Drogtegand, une digue de protection avait été construite et le bourg, tout comme celui d'Heurteauville sur la rive opposée, était moins éprouvé par la marée qu'auparavant. Bien sûr, le sol était submergé, les champs inondés tout comme les maisons, mais enfin, il en connaissait une, le cellier construit par l'abbaye, plus haute que les autres et en pierres, celle-là, dont le grenier de bois n'était jamais atteint par les flots. Là, il savait qu'il pourrait attendre le moment propice pour traverser le fleuve et échapper à ceux qui voulaient sa peau.

Devant lui, les eaux du fleuve se creusaient, annonçant l'arrivée de la grande vague, et puis, soudain il la vit et écarquilla les yeux avec effroi.

Il n'en avait jamais vu de pareille ! Celle-là devait au moins mesurer quarante pieds. Elle se profilait entre les falaises comme un mur noirâtre, plus haut que l'enceinte de l'abbaye, un mur qui se ruait vers lui !

Affolé, le sang lui battant les tempes, Roderic regarda autour de lui, étourdi par l'angoisse.

L'immense masse d'eau avait dépassé Yainville, elle serait sur lui dans quelques instants. C'est à ce moment qu'il les aperçut à la lisière du bois.

Rurik et Galeran, essoufflés, l'avaient eux aussi repéré, en même temps qu'ils avaient vu la Barre.

– Qu'est-ce qu'on fait, messire ? souffla le Danois. Si on y va, on est morts !

Le chevalier réfléchissait à toute vitesse. L'assassin était devant eux mais il ne voyait que trop bien s'avancer, derrière lui, l'inquiétante silhouette de la vague. Même dans son pays, Galeran n'en avait vu d'aussi haute.

Les deux mains en porte-voix, essayant de se faire entendre malgré le vent, il hurla du plus fort qu'il pouvait :

– Roderic, reviens ! Reviens !

Le chevalier allait s'élancer mais le Danois le retint :

– Il ne vous entend pas, messire, il nous faut déguerpir ! Cette vague-là ne ressemble à aucune autre.

Le Danois regardait déjà autour de lui, cherchant quelque idée pour les sauver tous deux.

Roderic hésitait encore, il vit la Barre qui se ruait en grondant sur la presqu'île, puis les deux hommes qui lui criaient quelque chose qu'il ne comprenait pas.

Il se courba contre le vent et reprit sa course vers le cellier. L'échelle fixée à la façade de pierres sèches lui permettrait d'accéder rapidement au grenier.

De là où il était, Galeran le vit se glisser par une ouverture dans le toit. Déjà Rurik le tirait par la manche :

– Vite, vite, venez chevalier, là-bas, l'aulnière !

Le chevalier distingua dans l'étrange lumière jaunâtre qui les cernait, les contours d'un bosquet de vernes d'où dépassaient les cimes de plusieurs arbres centenaires. En un instant, il comprit l'idée du Danois et se précipita derrière lui, tête baissée.

Un souffle humide et une odeur de pourriture marine les enveloppaient maintenant, une odeur qui, pour une fois, ne lui évoquait rien d'autre que celle d'une tombe fraîche. Tout en courant vers le petit bois, le Danois défaisait la lourde corde qu'il avait enroulée autour de sa poitrine.

Le chevalier sur ses talons, il s'arrêta au pied de l'arbre qu'il avait repéré, un vieil aulne à la large ramure.

Sans trop savoir comment, ils l'escaladèrent, se perchant dans les branches maîtresses.

Rurik lança un bout de la corde au chevalier et les deux hommes l'enroulèrent prestement autour du grand tronc avant de se glisser sous les liens.

Ils halèrent le cordage, le resserrant autour d'eux jusqu'à ce qu'ils ne fassent plus qu'un avec l'écorce. Puis le Danois noua avec habileté le lourd filin de chanvre avec plusieurs solides nœuds marins.

Derrière eux, la Barre déferlait déjà sur les berges, brisant les pontons, emportant des morceaux de digues à dix pieds de haut, comme s'il s'agissait de simples fétus de paille, se ruant sur les maisons du Conihout qu'elle submergea d'un trait, disloquant les toitures de chaumes, défonçant les murs de torchis…

Les deux hommes sentirent le vieux saule grincer. Ils s'arc-boutèrent contre le tronc, les mains serrant les cordages. Ils échangèrent un bref regard et le chevalier dit gravement :

– Que Dieu nous garde, Rurik. Vous êtes un vaillant compagnon, comme on aime en avoir à ses côtés en pareil moment !

Le Danois hocha la tête :

– Qu'Il ait pitié de nous, messire !

Les deux hommes n'en purent dire davantage. La marée arrivait sur eux. Ils se raidirent, fermant instinctivement les yeux et respirant avec force comme s'ils allaient plonger. La vague passa par-dessus la cime du grand aulne, le recouvrant de limon et lui assenant un choc si formidable que les hommes le sentirent trembler sur sa base avant d'être recouverts par les flots et de perdre conscience.

48

Quand le chevalier revint à lui, il était toujours attaché au tronc et ne savait point trop où il était. Il se sentait les os rompus comme au sortir d'une longue bataille.

Il bougea lentement la tête et ouvrit les yeux. Il était couvert de vase, du sang et de l'eau salée coulaient de sa bouche.

Un silence de fin du monde planait sur la presqu'île.

Il regarda à côté de lui et poussa un soupir de soulagement. Rurik était toujours là, affalé dans ses liens. Son visage était couvert de contusions, mais sa poitrine se soulevait avec régularité.

– Rurik ! Tout va bien ? murmura-t-il en lui donnant une bourrade.

L'autre ouvrit les yeux, regarda le chevalier et partit d'un grand rire :

– Eh bien. On peut dire qu'on revient de loin mais dans quel état !

Le chevalier sourit, en hochant la tête :

– Il est vrai que nous revenons de loin.

Comme l'avait prévu le Danois, le bois de vernes avait assez bien résisté, les protégeant de la violence des eaux. Mais au-delà, il n'y avait plus rien qu'une étendue désolée, semée de décombres qui disparaissaient sous une vase grise et gluante…

Le chevalier, saisissant son coutel, coupa les cordages qui les maintenaient. Puis il leva la tête. Comme s'il était mort, le grand verne avait perdu toutes ses feuilles. Galeran posa ses paumes sur le bois couvert de limon et, un fin sourire aux lèvres, remercia en pensée les fées de l'arbre noir, l'arbre des eaux mortes, de les avoir sauvés.

Les deux hommes se laissèrent glisser à terre et le chevalier grogna :

– Il faut aller voir si nous sommes les seuls à nous en être sortis.

– Ah, oui-da, le maraud ! grommela Rurik.

Contournant les grands arbres, ils regardèrent vers la berge du fleuve et le hameau du Conihout et s'arrêtèrent stupéfaits.

– Mais, mais…, balbutia le Danois.

– Il n'y a plus rien, Rurik, plus rien.

Devant eux, s'étalait une étendue couverte d'une eau boueuse d'où émergeaient çà et là, un tronc d'arbre, un mur ruiné, une barque défoncée…

Sondant devant eux avec des bâtons, les deux hommes s'approchèrent lentement. Ils avaient de l'eau à mi-chausses. Les anciennes pâtures étaient encore inondées et à quelques pas d'eux, le fleuve s'engouffrait dans un canal qu'il avait creusé jusqu'à ce qui avait été le centre du Conihout.

– Notre palefrenier eût mieux fait de s'aller réfugier ailleurs. Il a payé sa dette ! dit sombrement le chevalier en désignant l'endroit où s'était dressé le cellier et où il ne subsistait qu'un pan de mur à moitié effondré.

Le vent était tombé.

Les deux hommes contemplaient la vaste étendue qui miroitait devant eux comme une pellicule d'argent noircie.

Un peu plus loin, une énorme crevasse bouillonnait, crachant une vase noire et fétide.

– Qu'est ceci ? demanda le chevalier.

– Le trou des Haugues, messire. Pendant les fortes marées, l'eau y pénètre et en ressort ainsi. La fente s'élargit chaque année davantage.

– Comme par chez nous, en pays d'Arez, murmura le chevalier, on appelle ça le Yeûn, la bouche des Enfers ! C'est la mer intérieure qui, parfois, sourd de dessous la terre !

49

La nuit avait passé et une nouvelle aube s'était levée sur la Terre Gémétique. Après les orages d'équinoxe et ces terribles journées, le ciel était à nouveau transparent, les étoiles semblaient toutes proches.

La chaleur des derniers jours de septembre avait séché les grèves, et la vase qui les recouvrait s'envolait en une fine poussière grise qui sentait le sel et les bas-fonds marins. Le fleuve charriait encore des épaves et des troncs d'arbres qui rendaient la navigation dangereuse entre les rives dévastées.

Rurik et Mabille avaient décidé de se promener le long de la Seine. Rurik avait pris la main de Mabille et ce simple contact l'avait troublé plus intensément que toutes les étreintes qu'il avait connues jusque-là.

Il poussa un étrange soupir et jeta un coup d'œil inquiet à la petite qui marchait à son côté.

– Vois-tu, Mabille, dit-il d'une voix éteinte, j'ai beaucoup de choses à te confier. C'est pour cela que j'ai voulu te rencontrer ce soir.

La petite leva la tête et le regarda bien en face.

« Jamais, pensa-t-il, il n'avait croisé un regard aussi simple, aussi sincère. »

– Après tout ce qu'il est advenu, murmura-t-il, je ne peux demeurer en ces lieux. Les hommes de ce pays m'ont rejeté, ils ont voulu ma mort. Même si aujourd'hui ils se repentent de leur injustice, il me faut partir.

La petite inclina doucement la tête, les yeux baissés, et ils marchèrent un long moment en silence.

– Tu sais, Mabille, pourquoi Edel a souhaité devenir mon épouse ? demanda brusquement Rurik.

La jeune fille eut un moment d'hésitation, puis elle murmura :

– Parce qu'elle avait pour vous de l'amour.

– C'est ce qu'elle t'a conté ?

Les joues de la petite s'empourprèrent et elle ne répondit pas.

– Allons donc, tu ne pipes mot parce que tu sais bien qu'elle n'avait d'amour que pour elle-même, dit-il tristement. Il se trouve que quelques mois avant cette nuit terrible de nos noces, où j'allais découvrir tant de vilenies, j'avais reçu un message et une importante nouvelle.

» Mon aîné, Rollon, qui servait sous les ordres de Jocelin II de Courtenay, a été tué lors de la prise d'Edesse par l'atabeg Zengi. Je devenais le premier de notre lignée, je n'étais plus un cadet sans fortune car, par le sang, notre famille est proche du clan des Giroie. Ce n'était donc pas un pauvre exilé qu'Edel voulait épouser, mais bien le fils unique d'un seigneur danois.

– C'était donc cela, son Orient, dit Mabille à mi-voix, c'était pour cela qu'elle voulait quitter son promis.

Ils étaient maintenant proches du débarcadère où des pêcheurs tendaient des petits filets plombés, à la lumière de leurs flambeaux.

– C'est joli, ces reflets dans l'eau, murmura Mabille, on dirait des milliers d'étoiles.

Ils pensaient tous deux la même chose. Voilà, nos mains vont se quitter et nous serons séparés pour toujours. Nous ne nous reverrons jamais et il sera trop tard.

La jeune fille se tourna résolument vers Rurik et ordonna :

– Embrassez-moi !

Le Danois eut un mouvement de recul. Un vieux pêcheur qui, depuis un moment, observait les jeunes gens, lui cria :

– Ben, mon gars, si une belle fille comme ça m'en disait autant, comment que j'sauterais sur l'aubaine !

Ils se mirent à rire. Rurik entraîna la petite plus loin, à l'abri des grands aulnes. Là, il la prit dans ses bras avec précaution comme si elle était très fragile et pour la première fois, leurs lèvres se rencontrèrent, maladroitement, comme celles de deux enfants.

50

Assis sur la paillasse du chevalier, frère Odon regardait son ami rassembler son harnois et ranger sa cellule.

– Ainsi, tu t'en vas, dit-il tristement, et moi aussi, je dois partir bientôt.

Le chevalier tourna son regard bleu vers le petit frère.

– Allons, Odon, tu sais bien que nous nous reverrons un jour ou l'autre. Nous formons une fameuse équipe tous les deux !

– C'est toi qui dis ça, murmura Odon, les yeux au ciel. Tu me dis que tu vas rejoindre les tiens « au fin bout du monde », mais je sais que tu vas rejoindre là-bas quelqu'un d'autre.

Étonné, Galeran se redressa :

– Ça y est, voilà que tu recommences à jouer les

devins ! Tu sais donc où je vais mieux que moi ?

– Oui, dit Odon malicieusement, figure-toi que je vois un grand rivage et la mer où jouent les phoques. Il y a aussi une chapelle à l'abandon et j'aperçois au loin une cavalière qui aiguillonne un blanc destrier... Pour le reste, dit Odon en baissant pudiquement les yeux, je ne te dis rien de plus... mais souviens-toi des dangers de la chair, mon ami !

Galeran sourit et s'écria avec enthousiasme :

– Ah, Odon ! Odon ! Tu ne sauras jamais combien ces dangers-là...

– Non merci, dit le petit frère un peu sèchement. À ce propos, sais-tu, toi, qui s'est marié la nuit dernière et a fait une peur bleue, une fois de plus, au vieux prêtre de Jumièges en forçant la porte de son église ?

– Comment veux-tu que je le sache avec ma courte vue ?

– Eh bien, c'était Rurik !

– Tiens, ça l'a repris.

– Oui-da ! Cette fois, c'était avec la petite Mabille.

– Et comment sais-tu ça, toi ? demanda Galeran, de plus en plus vexé.

– Parce que ce matin, à l'aube, ils sont venus me trouver et que je les ai bénis avant leur départ.

– Bon, parce qu'ils sont déjà partis ?

– En effet, Mabille m'a dit qu'ils allaient très loin, dans la famille de Rurik.

– Où donc ?

– En Orient.

Éberlué, le chevalier répéta d'une voix traînante :

– En Orient ! Elle aussi maintenant, ces filles sont donc toutes folles ?

– Sans doute, sans doute, dit Odon les yeux baissés.

Tu sais Galeran, au fond, le célibat a du bon. Tu devrais y songer. Quant à moi, je bénis tous les jours le Seigneur de n'avoir point pris femme !

« *Que ceci soit la fin du livre*
mais non la fin de la recherche. »
Bernard de Clairvaux

Notes de l'auteur

Depuis ce mois de septembre 1145, plus de huit cent cinquante ans ont passé sur la Terre Gémétique et sur l'abbaye de Jumièges.

Des falaises qui lui font face, on aperçoit toujours ses hautes tours blanches qui émergent de la forêt. Aujourd'hui encore, le bac traverse lentement les eaux du grand fleuve, même s'il n'est plus halé par des cordages. Et, bien qu'ils ne remontent plus le cours de la Seine, les phoques et les grands souffleurs viennent encore s'ébattre près des rivages normands.

La cuisine d'Hermine
Recettes médiévales

Pâté de chapons doux-amer

4 blancs de volaille
2 œufs
150 g de beurre
sel
vin blanc léger (facultatif)
100 g de pistaches non salées
3 cuillerées à soupe de miel d'acacia
100 g de raisins de Corinthe
(faites-les mariner la veille
dans un peu de vin rouge)
pâte à pain
(ou si vous n'en avez, pâte feuilletée).

Ce pâté, qui ressemble fort aux fameux petits pâtés de Pézenas, mélange avec succès le goût de la volaille à l'arôme délicat du miel et des pistaches.

Hachez fin vos blancs de volaille et vos pistaches. Mélangez-les avec le beurre, les deux jaunes d'œufs, le sel et le miel d'acacia. Rajoutez vos raisins de Corinthe. Si vous trouvez votre préparation trop sèche, mouillez-la, avec un peu de vin blanc léger.

Étalez une fine couche de pâte à pain (ou de pâte feuilletée) dans votre tourtière, préalablement beurrée. Garnissez avec votre mélange, recouvrez d'un fin couvercle de pâte à pain, puis faites cuire à four doux.

Crème d'or

Cette crème se déguste à la cuillère, et doit son joli nom au safran qui la parfume. Dame Hermine aime la déguster avec des oublies.

La base étant un lait d'amandes, comme pour la plupart des desserts médiévaux, préparez-le la veille.

120 g d'amandes douces non pelées
50 g de fécule de riz
5 ou 6 pistils de safran
5 clous de girofle
1 rouleau de cannelle
sel
1 cuillère à soupe de raisins de Corinthe
1 cuillère à soupe de miel toutes fleurs, ou mieux, de miel d'acacia
50 g de pignons de pin ou d'amandes émincées.

La veille, préparez votre lait d'amandes en faisant tremper vos amandes entières dans un peu d'eau de source. N'oubliez pas de faire de même avec vos petits raisins.

Pour préparer votre recette, il vous faudra monder vos amandes (Hermine les jette simplement dans de l'eau bouillante, les égoutte et les passe sous l'eau froide. La peau brune s'en va alors d'une simple pression du doigt). Prenez les amandes ainsi épluchées et mixez-les avec un litre d'eau de source. Délayez ensuite ce lait d'amandes avec votre fécule de riz.

Faites chauffer en casserole de cuivre, à feu doux, en fouettant jusqu'à ébullition. Votre préparation a une consistance crémeuse. Éteignez votre feu et rajoutez ensuite votre bâton de cannelle, les clous de girofle, les raisins, le sel, le miel et le safran pour obtenir une belle couleur jaune d'or. Couvrez et laissez infuser pendant un quart d'heure. Retirez ensuite le bâton de cannelle et les clous de girofle. Donnez un tour de cuillère et versez ensuite cette pâte odorante dans de petits bols. Laissez refroidir pendant plusieurs heures (au réfrigérateur).

Saupoudrez de pignons ou d'amandes grillées avant de servir. Ajoutez une pincée de cannelle moulue pour les amateurs. Cette crème d'or est très agréable à déguster avec un petit verre d'hypocras. C'est du moins ainsi qu'Hermine aime à la servir.

Miel de roses d'Orient

Cette recette, héritage des lointaines croisades est à préparer la veille.

125 g de miel d'acacia
100 g de pétales de roses rouges
très parfumées, Baccarat de préférence.

Mettez votre miel dans une petite casserole de cuivre et portez-le doucement à ébullition. Dès que l'écume apparaît à la surface, éteignez votre feu et jetez vos pétales de roses dans le miel.

Laissez infuser toute la nuit. Le lendemain, refaites bouillir et éteignez immédiatement.

Filtrez mais n'oubliez pas, tout comme Hermine, de laisser quelques pétales flotter dans le liquide doré.

Mettez en pot, fermez et retournez aussitôt vos pots. Laissez refroidir ainsi.

Cette recette, venue du lointain Orient, faisait rêver notre vieille Hermine qui aimait aussi à la confectionner avec les violettes qu'elle ramassait dans les sous-bois.

Eau de fraises des bois

Au Moyen Âge, on buvait rarement l'eau pure, on aimait à l'améliorer avec des jus de fruits ou des épices. À l'époque de la cueillette des fraises, Hermine confectionnait donc cette boisson apéritive pour ses invités. Pour un litre de boisson, il vous faudra environ :

1 litre d'eau de source
1 kg de fraises des bois ou de fraises très parfumées, bien mûres, essuyées et équeutées.
Quelques feuilles de menthe fraîche
300 g de miel d'acacia
ou 400 g de sucre si vous préférez
1/4 l de vin doux naturel, genre Banyuls ou Grenache.

Mettez dans une petite casserole de cuivre l'eau et le miel. Menez-les à ébullition pendant cinq bonnes minutes. Retirez la casserole du feu, jetez-y les fraises, couvrez et laissez infuser pendant deux bonnes heures.

Passez votre mélange au chinois sans trop l'écraser, ajoutez votre vin et mettez en bouteille.

Laissez au réfrigérateur pendant au moins quatre heures.

Jetez quelques feuilles de menthe fraîche dans les verres au moment de servir cet apéritif qui se boit frais.

Bon appétit !

Lexique médiéval

Archais : étui contenant arc et cordes de rechange.

Berser : chasser avec arc et flèches.

Bliaud : tunique longue de laine ou de soie, aux manches courtes dans le sud et longues dans le nord, serrée à la taille par une ceinture. Habit de la noblesse ou de la grande bourgeoisie.

Braies : caleçon plutôt long et collant au XIIe siècle, retenu à la taille par une courroie.

Broigne : justaucorps de grosse toile ou de cuir, ancêtre de la cotte de maille, recouvert de pièces de métal.

Cellérier : économe et administrateur de l'abbaye.

Chaière à escrire : littéralement chaise à écrire, utilisée par les moines copistes.

Chainse : équivalent de la chemise, tunique en toile ou lin à manches fermées.

Chaperon : petite cape fermée avec capuche, portée comme un chapeau en été, torsadée sur le crâne.

Chausses : chaussettes en drap, tricot ou laine parfois munies de semelles de cuir et maintenues par des lanières s'attachant en dessous du genou. Les hauts-de-chausses étaient l'équivalent de nos bas.

Conil : lapin.

Couire : sorte de carquois pour transporter les flèches.

Courtine : mur d'enceinte fortifié, comportant souvent des tours et un chemin de ronde.

Dizeniers : conseil des doyens selon la règle de Saint-Benoît.

Douaire : droit de l'épouse survivante sur les biens de son mari.

Escoffle : pèlerine utilisée pour la chasse, en cuir ou en fourrure.

Faudesteuil : fauteuil, en général pliant.

Gare lou : loup-garou

Gaste : violé.

Harnois : désigne tout l'équipement d'un homme de guerre (broigne, épées, lance, bouclier…), mais aussi l'habillement du cheval, voire le mobilier transportable dans les camps.

Haut mal (ou mal sacré) : nom de l'épilepsie au Moyen Âge.

Hémine : mesure pour les liquides, de 10 à 18 onces liquides, soit un demi-setier.

Houssaie : espace où l'on cultivait du houx servant à la fabrication de la glue.

Hvalt : baleine, en danois.

Lieue : mesure de distance, environ 4 km.

Longère : maison mixte où vivaient, côte à côte, bêtes et gens.

Malcuidant : qui nourrit de mauvaises pensées.

Malfeu : misérable, malchanceux.

Malquerant : malveillant, qui cherche à faire du mal.

Mantel : manteau semi-circulaire comme une cape, attaché à l'épaule par une agrafe nommée tasseau.

Mesnie : famille, lignée par le sang.

Monstrance : pièce d'orfèvrerie « montrant » une relique.

Oblat : personne donnée par sa famille ou se donnant à un monastère.

Orfrois : passementeries, franges et broderies d'or employées pour border les vêtements. On disait « orfraiser » une robe.

Palefroi : cheval de marche ou de parade.

Pied : ancienne mesure de longueur, 32,4 cm.

Pirouette : toupie.

Pluvial : cape avec capuchon protégeant de la pluie.

Pouce : ancienne mesure de longueur, 2,7 cm.

Préchantre : ou premier chantre, celui qui donnait le ton à l'église et réglait les offices. En plus de l'enseignement de la musique, il avait la charge du scriptorium et la garde du sceau conventuel.

Posset : mélange de vin brûlant et de lait caillé que l'on boit avant de s'aller coucher.

Pugnais : puant, fétide.

Puterele : jeune putain.

Quolibet : du latin « Quod libet », questions posées aux étudiants pour vérifier leurs connaissances.

Restrait : lieu d'aisance comportant un conduit plus une fosse où l'on mettait des cendres de bois qui favorisaient la décomposition des matières organiques.

Scapulaire : vêtement religieux partant des épaules et couvrant la poitrine et le dos.

Sept arts libéraux : composé du trivium (3 disciplines d'initiation : grammaire, rhétorique et dialectique) et du quadrivium (quatre disciplines terminales : arithmétique, géométrie, astronomie et musique).

Trous fumeux : crevasses, le long des rives de la Seine, d'où sortent des vapeurs.

Vélin : peau de veau mort-né, plus fine que le parchemin ordinaire.

Les heures au monastère

Matines : ou vigiles, office dit vers 2 heures du matin au Moyen Âge.

Laudes : office dit avant l'aube.

Prime : office dit vers 7 heures du matin

Tierce : office dit vers 9 heures du matin.

Sexte : sixième heure du jour, vers 12 heures.

None : office dit vers 14 heures.

Complies : office dit après les vêpres vers 20 heures, c'est le dernier office du soir.

Vêpres : du latin *vespera* : soir. Heure de l'office dit autrefois le soir, vers 17 heures.

Ils vivaient au XIIe siècle…

Aliénor d'Aquitaine : (1122 - 1204). Divorcée en 1152, elle se remarie la même année avec Henri Plantagenêt dont elle eut plusieurs enfants (Richard Cœur de Lion et Jean Sans Terre, notamment…). Elle finit ses jours à l'abbaye de Fontevrault, où elle est enterrée.

Louis VII : (1120 - 1180). Roi de France, sacré à Reims le 25 octobre 1131. Marié en 1137 à Aliénor d'Aquitaine. Participe à la seconde croisade avec Conrad III. Divorcé en 1152. Veuf de Constance de Castille, il se remarie avec Adèle de Champagne, mère de Philippe II Auguste. Mort le 18 septembre 1180.

Suger : (1081 - 1151). Moine et homme politique. Abbé de Saint-Denis en 1122. Condisciple et ami de Louis VI, il fut le conseiller de Louis VII et le régent du royaume de France pendant la seconde croisade.

Abélard : (1079 - 1142). Philosophe, théologien et dialecticien français. Fonde l'abbaye du Paraclet dont Héloïse, deviendra l'abbesse. Bernard de Clairvaux obtint sa condamnation au concile de Sens en 1140.

Bernard de Clairvaux : (1091 - 1153). Moine à Cîteaux en 1112, premier abbé de Clairvaux en 1115. Il prêche la deuxième croisade à Vézelay en 1146. Il soutient des polémiques contre l'ordre de Cluny.

Roger II, roi de Sicile : appartient à la dynastie normande des Hauteville, meurt en 1154 à Palerme.

Honorius d'Autun : (ou Augustodunensis) auteur supposé du *De imagine mundi*, sorte d'encyclopédie-panorama du monde du XIIe siècle.

Impératrice Mathilde : Fille d'Henri Ier d'Angleterre. Épouse l'empereur germanique Henri V (1114) puis Geoffroi V, comte d'Anjou (1128). Héritière légitime du trône d'Angleterre, elle fut spoliée par Étienne de Blois contre qui elle fit la guerre. (Née en 1102 à Londres - Meurt à Rouen en 1167).

Étienne de Blois : roi d'Angleterre de 1135 à 1154. Il usurpe le trône qui revenait de droit à Mathilde mais à la mort de son fils (en 1153), désigne comme successeur le fils de Mathilde : Henri II Plantagenêt, mari d'Aliénor d'Aquitaine.

Arnulphe, évêque de Lisieux : fin lettré et apprécié de Bernard de Clairvaux, gouverna Lisieux pendant quarante ans et laissa de nombreux ouvrages. Légat du pape Eugène III pendant la deuxième croisade et grand négociateur.

Abbé Eustache de Jumièges : abbé de septembre 1142 à décembre 1154, date de son décès.

Abbé Guillaume II : abbé de Jumièges, de 1128 au 10 août 1142, date de son décès.

Bibliographie

L'abbaye royale de Jumièges, C.A. Deshayes, Gérard Monfort éditeur.

Jumièges, H. Decaëns - H. Champollion, CNMHS, Éditions Ouest-France.

Contes et légendes de Jumièges,

Recueil 1 : Les Loups de Jumièges

Recueil 2 : Les Énervés de Jumièges

Recueil 3 : Les Trésors de Jumièges

Recueil 4 : La Vie de saint Philibert.

F. Allais, Association des amis de l'Abbaye.

Le Kalevala, Épopée populaire finnoise, Elias Lönnrot, Éditions Stock plus.

Les Empires normands d'Orient, Pierre Aubé, « Pluriel », Perrin.

*La Spiritualité du Moyen Âge occidental VIIIe-XIIIe*, André Vauchez, « Points-Histoire », Seuil.

Le Vol des reliques au Moyen Âge, Patrick J. Geary, « Histoires », Aubier.

La Vie quotidienne des religieux au Moyen Âge, X^e^-XVe siècles, Léo Moulin, Hachette.

Histoire de la France rurale, I. Des origines à 1340, sous la direction de Georges Duby et Armand Wallon, « Points-Histoire », Éditions du Seuil.

Initiation à la symbolique romane, Marie-Madeleine Davy, Champs, Flammarion.

La Vie au Moyen Âge, Robert Delort, « Points-Histoire », Seuil.

La Société féodale, Marc Bloch, Albin Michel.

Sources d'histoire médiévale, IXe milieu du XIVe siècle, « Textes essentiels », Larousse.

La Nuit au Moyen Âge, Jean Verdon, Éditions Pluriel-Perrin.

La Civilisation des mœurs, Norbert Elias, Calmann-Lévy.

Mythologie chrétienne, Philippe Walter, Éditions Entente.

La Règle de saint Benoît, Solesmes.

IMPRIMÉ EN FRANCE PAR BRODARD ET TAUPIN
La Flèche (Sarthe).
Dépôt édit. : 8878-11/1999
N° Impr. : 4504D
ISBN : 2-7024-9565-6
Édition 03

52/7066/5